Hanif Kureishi
MIDNIGHT ALL DAY

整日午夜

[英] 哈尼夫·库雷西 著　张廷佺 译

上海文艺出版社
Shanghai Literature & Art Publishing House

目 录

熟悉的陌生人　1

四把蓝色的椅子　51

物是人非　63

女孩　93

吮石头　111

尴尬的会面　145

整日午夜　161

雨伞　185

黑暗中的曙光　199

熟悉的陌生人

—Strangers When We Meet—

你能听到我的声音吗？不；没人能听到我。没人知道我在这儿。

我能听到他们。

我在酒店的房间里，坐在椅子上，身子向前倾，耳朵贴在墙上。隔壁房间住着一对夫妇，他们一直在交谈，和和气气，交流不多，但很自然。不过，他们的声音很低，尽管我已经很专心了，仍然听不清他们在说什么。

我想起来了，如果想隔着东西听的话，玻璃杯会派上用场。于是我蹑手蹑脚地走进浴室，拿来一个玻璃杯，将它顶在墙上，把耳朵凑上去，想听得更真切些。我应该怎么摆放那只玻璃杯呢？要是有人发现我这样蜷伏着偷听，那可如何是好！可是此时此刻只有我一个人，真是天赐良机啊。

我准备去一个海滨小村度暑假。我的包放在床上，敞开着，包里最上面是一本爱情诗集和一本洛·史都华①的传记。昨天我去肯辛顿大街买了旅行指南、步行靴、小说、情趣用品和药,还有可以在随身听里播放的阿尔·格林②的磁带。昨晚打包之后我就早早地上床休息了。今天早上我把闹钟设定在六点,看了一点斯坦尼斯拉夫斯基③的《我的艺术生活》:"我的生活丰富多彩,在人生的旅途上我不止一次被迫改变我最根本的想法……"

之后,我到海德公园跑步,然后像往常一样与合住一套公寓的两个演员去咖啡馆吃早餐。他们是我读戏剧学校时的同学。当我背上包去车站时,听到他们喊着:"祝你好运,玩得开心点,走运的家伙!"他们对什么都充满热情,演员一般都是这样的。也许这就是为什么我更喜欢年纪大些的人,比如住在隔壁的佛劳伦斯。甚至在十几岁的时候,我更喜欢朋友的父母——通常是他们的母亲——而不是我的朋友。当人们说起生活,描述生活的细节时,我会兴奋不已,要是他们谈论足球或派对,我就不会这样。

我刚从海滩回来,步行只要十分钟,途中会经过一排崭新的平房。大海阴沉沉的,几乎是灰白的。我吃力地走在灌木丛中废弃的淋浴房旁。天色阴沉沉,细雨蒙蒙,挺荒凉的,也很空旷,感觉却挺美的。几个男人身穿黄色斗篷,注视着海岸边的垂钓线;一块柏油空地上,人们挤在野营车中,看着车外的大海。此外就看不到什

---

① Rod Stewart(1945—),美国摇滚歌手,素有"摇滚公鸡"之称。
② Al Green(1946—),灵魂乐三大大师之一,也是节奏与布鲁斯开拓者奖终身成就大奖得主。
③ Constantin Stanislavski(1863—1938),俄国演员、导演、戏剧教育家,著有自传《我的艺术生活》等。

么人。在我看来,在英国度假就是这个样子。一对需要交流的夫妻倒是可以在这儿好好聊聊。

酒店是个大大的农舍,坐落在鲜花盛开的花园中,四周是农场和田地,马和牛在吃草。农舍边上有个马厩。酒店里有一个餐厅,玻璃杯和用餐的刀具就像烛台吊灯一样熠熠生辉。在这儿用餐需要打领带。距离伦敦越是遥远,就越需要这些势利的东西。但你可以在酒店地下室的酒吧里吃同样的东西(这是旅馆指南上说的,我和佛劳伦斯一起研究过)。如果多点花花草草,多些带有马儿的装饰图案,房间会变得更舒适些。不管怎样,这是套单人间,有台电视机,还有间不会让人害怕的洗手间。

此刻隔壁房间传来了笑声!无可否认,只有他——佛劳伦斯的丈夫——一个无忧无虑的人才会这么放肆地大笑。她一定特意说了什么笑话让他大笑。为什么她此刻取悦的对象不是我?佛劳伦斯刚说了什么?我还要忍受多久?

我忽地起身,撞到了床角,手中的玻璃杯也被甩了出去。也许我的叫声和撞击声会坏了他们的好事。但是我应该那么做吗?

我不知道我的情人是否知道我就住在她隔壁。尽管我们是同车抵达的,但并没有同时登记入住,因为我去周围"侦察地形"了,像以前和父母一起度假时我和姐妹们干的那样。直到后来我打开门时才听到她的声音,发觉我和他俩的房间只有一墙之隔。

我要离开这儿,我得离开。但不是今晚。一想到要一个人回家,我就觉得失望透顶。与我合租一套公寓的人会怎么说呢?我们并不是最好的朋友,我不会在乎;我可以在公寓里待着,让人觉得我不在家似的,拉上窗帘,不接电话,不去酒吧或咖啡馆,那儿是我通常玩填字游戏和写求职信的地方。可是如果我给死党打电话的话，他们会问，咦，你怎么回来了？怎么回事？我该如何回答呢？别人会嘲笑我，我会成为他们茶余饭后的谈资。从未与我谋面的人会一遍遍地说我的故事。我兴致勃勃而去，扫兴而归，还有什么比这更值得说三道四呢？

明天我会按照之前和佛劳伦斯说好的那样，继续前往德文郡和萨默塞特郡。我们准备随时调整行程。这是我们第一次出行——事实上是我们第一次整夜在一起——将是一次冒险。我们可以尽情享受彼此，用不着去想她几个小时后得回到丈夫身边。我们将醒来，云雨一番，在早餐时互相诉说彼此的梦。

我没心情去作任何决定。

他们在隔壁一定有很多话要说，对一对结婚五年的夫妇来说，这一定有点不同寻常。

我擦了擦眼睛，洗了把脸，然后走到门口。我打算去酒吧喝几杯，然后再点晚餐。菜单我已经仔细看过了，食物似乎还挺诱人的，尤其是那些布丁，佛劳伦斯喜欢尝一勺之后就推到一边，对服务生说："我吃好了！"也许，我从房间的对面会有幸看到这一幕。

但是我退了回来，面对那堵熟悉的墙，我揉着小腿，试图在脑子里想象他们在干什么，就好像在听广播剧一样。也许他们正在换衣服。通常我与佛劳伦斯独处时，我一转身，她就脱得一丝不挂。她脱衣服像别人脱鞋一样容易。她二十九岁，身体柔软，我回想起她赤身裸体地躺在我的床上为我读剧本，边读边评头论足，而我则准备些吃的。她朗读的声音很滑稽，弄得我不敢太严肃。我收藏着她留在我家的一件毛衣和几副手套。为什么我不去敲敲他们的门呢？这个想法也太雷人了。

过一会儿他们会去餐厅。我不明白为什么今夜他想带她去别的地方。他会和自己的女人面对面地吃饭。他心满意足，心里只有她，问她调味汁是否可口，知道佛劳伦斯的唇、玩笑、酥胸、温柔都属于他。我害怕自己会发狂。我不会越过桌子，掐住他或她的喉咙。我会强忍心头的怒火坐下来，饭也吃不下。我会一个人孤孤单单地上床，半醉半醒，又一次听见他俩的声音。酒店并没有客满，也就是说我可以要求换一间房。酒吧里我看见一个女的在读《骨人》①，也有几个年轻的穿着长筒袜的澳大利亚游客。他们在研究地图和旅游指南。其实我们本来也可以像他们那样。

可我偏偏有种可怕的冲动；我要知道他们两个在一起做什么。我的耳朵会一直贴在这墙上。

我回想今天早些时候在车站坐上火车的情景。之前我买了葡萄酒、三明治，还买了巧克力蛋糕，因为我想给她惊喜。灼热的阳光透过窗子照进来。（很奇怪，人们为何以为伦敦一出太阳，其他地方也一定阳光普照。）我用拍电影的片酬买了头等座，电影里我是主角，饰演一个街头男孩，他吸毒，偷东西。他们给我看了最初的剪辑版。这个版本加上了摇滚风格的音效。制片人信心满满地认为这部片子会入围戛纳电影节导演双周②。他说那儿的人腰缠万贯，高人一等，只喜欢阴暗和残酷的东西。

佛劳伦斯一定比我的经纪人更厉害。当我第一次从其他演员

---

① *The Bone People*，新西兰作家克里·休姆的长篇小说，1985 年获布克奖。
② Director's fortnight，戛纳国际电影节活动中的一个非竞赛单元，由法国导演协会主办，侧重于发现一些具有潜力或业有成就的导演。

口中听说这部电影时,佛劳伦斯告诉我说她做演员时曾和这部电影的制片人吃过几次晚饭。我以为她在吹牛,可她居然真的给那个导演家里打了电话,坚持要他见我一面。她打电话时,我正坐在她腿上,抚弄着她的乳头。她没承认我们互相认识,只是说她曾在一部剧中见过我。"他不仅人长得帅,"她拧了一下我的脸,说,"还有着令人心碎的忧郁和魅力。"

制片人准备从好几十个年轻演员中挑一个来演这个角色。大部分我都认识。他们在试镜室外面排队,一边抽烟,拖着脚步走来走去,还抱怨个不停。我认为他们一辈子都是竞争对手,但制片人对我说:"如果你想的话,机会就是你的!"

在火车上等待佛劳伦斯·奥哈拉让我热血沸腾,我甚至琢磨着是否可以在洗手间与她云雨一番。我从来没干过这种疯狂的事,不过她几乎从不拒绝我的要求。也许她的手偷偷地溜到我的报纸下面。好几天来,我一直在想象这趟旅行会多么开心。整整一个星期,我们可以好好享受二人世界,然后我去洛杉矶好莱坞,在一部独立制作的美国电影里饰演一个小角色。洛杉矶我还没去过。

还有两分钟火车就要开了——我有点担心,我已经在车站附近来回走了一个小时了——瞥见她映在窗玻璃上的身影时,我差点叫出声来。为了证实我们是去度假的,她戴了一顶紫色软帽。佛劳伦斯的穿戴有时不太搭配,比如,戴着古董首饰,却穿着真丝上衣和破旧磨损的鞋,好像她穿鞋时已经忘记头上是怎么装扮的了。

身后是她丈夫。

我认出她的丈夫，是因为看过他俩的结婚照。那次我小心翼翼地溜进他们的公寓，想从他们家看一看汉默史密斯桥①和泰晤士河的风景。佛劳伦斯曾建议我把它画下来。今天，由于某种原因，他来给她送行了。在我身边坐下之前，她会透过玻璃窗同他挥手告别。我不希望看到她和他吻别。

借口说要一个人做什么，这总会让人起疑心。为这次旅行我们早已作了些安排。起初，在床上策划的时候，佛劳伦斯和我都认为她应该告诉丈夫她是与一个朋友一起去度假。但谎话编得太复杂了，佛劳伦斯手心直冒汗。方案改成：她先搞清楚她丈夫何时工作最忙，然后坚持说她要看看书，走走，想想。"在想什么呢？"他在穿衣上班时自然而然地问。但是，她不作声，不想改变主意。而他也不计较。

"好吧，亲爱的，"他说，"去吧，就让你一个人去，到时候就知道会有多想我。"

出发前的一个星期里，我和佛劳伦斯见过两次面。她打电话给我，我在前门格洛斯特路上拦了辆出租车。她则戴上了头巾和太阳镜，溜出来和我在她家附近河滨的一家酒馆见面。她有些魂不守舍，这让我更想拥有她，我觉得一起度假会让她好起来。

她的丈夫穿过车厢，朝我走过来，尽管刚离开办公室才一个小时，他已经换上了米色亚麻夹克、牛仔裤和帆布鞋，没穿袜子。很好，我心想。他很有礼貌，帮她入座，这是我这样一个二十七岁的男人应该学习的。

---

① Hammersmith Bridge，伦敦泰晤士河上的第一座悬链桥，建成于1827年。

他帮她把包举起来，放到行李架上，然后在过道另一侧的位子坐了下来。他漫不经心地看向我这边，她则专心看着月台上来来往往的人。他一开口，她立刻露出笑颜。与此同时，她一直扯着大拇指周围的皮，扯到流血，她只好从包里找出纸巾。佛劳伦斯今天戴着结婚戒指，除了第一次见面以外，与我在一起时她从没戴过。

伴随着一阵明显的晃动，火车驶出了车站，我、我的情人和她丈夫一起踏上了通往度假目的地的旅程。

我一会儿站起来，一会儿坐下，一会儿拍拍脑袋，一会儿在包里乱翻一通，一会儿又胡乱地看看四周，仿佛想要找个人来跟我解释一下现在的情形。终于，当看到我在吃巧克力蛋糕的时候——换个时候，她会舔去我嘴唇上的蛋糕屑——佛劳伦斯起身去拿三明治。我去了洗手间，她在门外等我。

"他坚持要来。"她小声说着，把指甲掐进我的胳膊。"是昨天的事。我也没办法。要是我坚持不让他来的话，他一定会吃醋，一定会起疑心的。我又没机会告诉你。"

"他会待上一整个星期吗？"

她似乎很焦虑。"他会觉得厌烦的，这种事他不会感兴趣。"

"哪种事？"

"就是度假啊。我们经常去一些地方……像意大利，还有汉普顿……"

"哪儿？"

"就在纽约郊区。我会鼓动他回去的。你能等我吗？"

"我不敢说，"我回答她，"你真的已经把一切搞砸了！你怎么可以这样做!"

"罗布①……"

"你真蠢了,简直太蠢了!"

"不,不是,不是那样的!"

她要吻我,但被我推开了。在回到丈夫身边之前,她的手在我的两腿之间游移,我真希望她别这样。我在火车上走来走去,然后在座位上坐下。我没想过要换位子。她拇指上的血沾到我胳膊和手上了。

我从未见过她如此悲伤。有时她会非常紧张,以至于把手袋里的东西一股脑儿撒到大街上,然后再双手撑地,跪着把散落的东西一一捡起来。然而她也很勇敢。有一次在地铁里,三个年轻人要设圈套蒙骗乘客,抢他们的东西时,别人都惊慌失措,可她却凭着一股狂怒,击退了这些劫匪,她的勇敢之举得到了嘉奖。

余下的旅途中她一直伴睡着,而她丈夫在看一本惊悚小说。

列车到达乡村车站时,我一走下月台,就看到酒店派车来接我们:就一辆车。我还没来得及去询问回伦敦的列车信息,司机已经走到我旁边了。

"您是罗伯特·迈尔斯先生吗?"

"是的。"

"这边请。"

这个驼背的乡下人带我走出车站,外面的空气凉爽清新,广阔的天空可以让人平静下来。就因为这一点,我和佛劳伦斯某一天

---

① 罗伯特的昵称。

下午决定出去走走。

司机打开了车门。

"请上车,先生。"我犹豫了一下。他把座位上的狗毛扫掉。"我会尽量开慢点,给你们稍稍介绍一下这个地方。"

他把我的包放进行李箱。我只好上车。他关上车门。司机让佛劳伦斯和丈夫坐在后排。车子开动了。车里有四个人,加上热气,让人感到满满当当的。司机在和我说话,而我则在听他俩说话。

"我真高兴决定和你一起来,"佛劳伦斯的丈夫说,"可是,我们本来可以去我们的大房子的。"

"噢,那个地方啊。"佛劳伦斯叹气道。

"是,就像我们除了父母以外还有一个父亲或者母亲似的。你没必要一直说你不喜欢那地方。是什么让你决定来这儿的呢?"

我很想转过头去回答说:"是我决定的——"

"我在一本小册子上看到的。"佛劳伦斯回答他。

"你说过你小时候来过这儿。"

"是的,那本小册子让我想起小时候我和妈妈一起去过很多地方。"

"你妈还真是狂热。"从镜子中我看到他搂着她,手放在她的乳房上。

"是的。"她说。

"现在就只有我们了,"他说,"我很高兴跟你一起来了。"

我肚子饿了。

最终,我不再把耳朵贴在墙上。我晃了晃头,仿佛这样可以让自己清醒。走下楼,我在酒吧里吃晚餐,那儿满是当地的酒鬼。比起酒馆,他们更喜欢这家酒店。

吃饭时我是背对着房间的,面前放着一本书,我想知道他们坐在哪儿,在说些什么。我就像坐在柏拉图洞穴①里一样,通过影子来观察他们的一举一动。吃到一半时,我终于决定直面他们。我突然站起身,换了个座位,然后转过身来。他们不在那儿。

我又点了杯酒,这时吧台后一个胖胖的女孩笑着对我说:"我们都猜你是在等你的幸运女神,不过她没出现。"

"哪有什么幸运女神,不过这地方还不错。"

我拿着酒杯,四处走动,虽然我根本不知道自己要去哪儿。女服务生在闷热的餐厅里忙进忙出,她们动作利落,但有些羞怯紧张,少了些伦敦人的自大和美貌。浓妆艳抹、衣着艳丽的中年妇女和西装革履、打着领带、春风得意的男人们绝不怀疑自己可以来这儿——这是他们的世界——他们正拿着酒杯准备离开餐厅。此刻,他们站在这片土地上,有说有笑,好不开心。地球悄悄转动,他们毫无觉察。

我乐观地跟着一对夫妻走进其中一间休息室,他们打算在那再喝上几杯酒,喝喝咖啡,而我进去之后就瘫倒在高背沙发上。

过了一会儿,耳畔传来熟悉的声音。佛劳伦斯和丈夫一起走

---

① Plato's cave,源自柏拉图一个著名的哲学比喻,亦称"洞穴喻"(《理想国》第七章)。柏拉图设想,一些从小就生活在洞穴中的囚徒,身体活动受限,只能看见眼前的洞壁;他们身后的人的活动投影在他们面前的洞壁上,而这些囚徒却误认为这些影像是真实的东西,并以为听见的声音是影像所发出的。通过这一比喻,柏拉图将可知世界与可感世界划分开来,体现出本质与现象的二分思想。

进来,就坐在我后面,开始玩拼字游戏。我距离她很近,可以闻到她的气息。

"今天的鱼很不错,我喜欢,"她对他说,"蔬菜的火候也恰到好处,既不过火又不生。"

我曾一度以为,把一个有夫之妇弄到手是一件非常值得自豪的事。

"佛劳伦斯,"他说,"该你了。没开小差吧?"

最初和佛劳伦斯好上的时候,我既想处处小心,又想炫耀我俩的关系。我希望可以偶遇到熟人;我相信朋友们在背后对我说三道四。我还从未有过那样冒险刺激的经历。如果与她分手,我就离开她,不会伤心难过的。

"鱼应该再多点些。"她抱怨道。

诚然,我没想过她丈夫是个什么样的人,也没想过她为什么要嫁给他。佛劳伦斯在我面前让我觉得她丈夫与我们毫不相关。只有我和她。

他说:"每次我吃了肉之后你就不愿意亲我了。"

"是,是不喜欢。"她说。

"亲亲我吧,就现在。"他说。

"留着下次吧。"

"不,就现在。"

"亚奇——"

她的声音听起来很不情愿,很乏味,好像要哭出来似的。我打算在这儿坐多久呢?我脑子里一片混乱,我已经忘记自己是谁了。我感觉灾难和惩罚无处不在。把自己从痛苦的愤怒中解救出来的想法让我变得消沉。感到消沉时,我就把自己封闭在狭小的自我世界里,尽情发泄性欲,或沉浸在成为一名演员的远大抱负中。否则我会自杀的。我曾和佛劳伦斯谈论过这些,她称之为"抑郁"。在我认识的人中,她是第一个理解我的人。

我意识到,如果从沙发的扶手旁偷偷望去,便可以看到佛劳伦斯的侧面。她坐在凳子上。我稍稍挪了挪,她便完完全全在我的视线里了:她身着白色紧身上衣,背着米色的包,穿着白色凉鞋。

说来也怪,我的一举一动仿佛是在说这个男人抢走了我的女人。事实上,是我偷走了他的妻子,如果他发现的话,一定会恼羞成怒,甚至会动手。即便如此,我的视线还是没有移开,就这么一直盯着她,看着她的右手划过面前,手背撑在脸颊上,手指刚好在眼睛下方。小时候她一定做过同样的动作,也许老了之后也会做。

如果亚奇主导着我们的生活,那么他是无形的;如果佛劳伦斯的行为举止有些,这么说吧,令人费解的话,那是因为我们之间隔了一道墙,而我只能在另一边隔墙倾听。白天她是自由的,想去哪儿都可以,可是她总喜欢解释自己在哪儿。如果她说"我一下午都待在泰特现代美术馆[①]",他一定会相当满意,如果说到美术馆中贾科梅蒂[②]的作品,他就没那么耐心了。每次我们见面结束要分开的时候,她总是烦躁不安。

[①] Tate,世界三大现代美术馆之一,位于泰晤士河畔,前身是国立英国艺术馆,后改名为泰特美术馆,以收藏15世纪至今的英国绘画及各国现代艺术作品著称。

[②] Alberto Giacometti(1901—1966),瑞士超现实主义雕塑家、油画家、素描家和版画家,在雕塑方面成就最大,作品多反映二战后普遍存在于人们心里的恐惧与孤独。代表作有《行走的人》《市区广场》等。

我以为我可能没那么在乎她,因此并不担心她丈夫。比如,我从未想过我们会一起生活;我们应该会继续像这样偶尔约会,直到分手。然而,现在看着她,我却愿意那么做。我希望她要我,只要我一个人。在这场戏里,我一定要饰演主角,而不仅仅是一个跑龙套的。

酒吧女服务生走过来,拿起我的杯子。"想喝点别的吗?"

"不用了,谢谢。"我压低了声音回答她。

我看到佛劳伦斯稍稍抬了一下头。

"晚餐合口味吗?"女服务生问道。

"嗯,尤其是鱼,蔬菜的火候也恰到好处,不过火也不生。"我接着问她:"酒吧什么时候关门?"

"星期四!"她说,大笑起来。

我没看佛劳伦斯和她丈夫一眼,而是随着她往休息室外走,疲惫地靠着吧台。

"你来这儿做什么呢?"她的口气似乎在说她确信我不该来这儿。

"放松放松。"我回答道。

她压低了声音说:"我们都讨厌这个地方。来这儿没有别的可做,只能放松。你慢慢放松吧。"

"那你们喜欢做什么呢?"我问她。

"我们过去常常开车玩俄罗斯轮盘赌①。开车穿过十字路口,希望对面没车开过来。我们就玩这种玩意儿。"

---

① 一种赌博游戏。在左轮手枪中仅装一发子弹,然后转动旋转弹膛,游戏参加者轮流举枪对准自己的头,并扣动扳机。中枪和怯场者为输家。

"能知道你的名字吗?"

"玛莎。"

她放下我的酒杯。我把房间号码告诉了她。

"好,我知道了,"她回答道,一边倚向我一边说,"听——"

"什么?"

佛劳伦斯的丈夫重重地坐在我旁边的高椅上,在椅子上转来转去,仿佛要把椅子转到地上。我赶忙让开了些。

他转向我,问:"我可以坐下吗?"

"当然可以。"

他要了一支雪茄。"再来一杯白兰地。"他对玛莎说。我还没来得及转身,他便看着我说:"你要来点什么?"

我赶忙站起身。"我正准备要走。"

"因为我说了什么吗?"他说,"我在火车上见过你。"

"是吗?哦,对。和你一起的是你太太?"

"那当然。"

"她待会儿也过来吗?"

"我怎么知道。你想让我打电话回房间问问她吗?"

"我什么也不要你做。"

"来杯白兰地吧。"他把手搭在我的肩上。"嗨,服务生——给这位年轻的先生来一杯白兰地。"

"好吧,"我只能说,"好吧。"

"喜欢喝白兰地吗?"女服务生亲切地问我。

"非常喜欢。"我说。

他扯下领带,揉成一团,塞进夹克的口袋。

"坐下吧,"他说,"既然来度假,就让我们尽情享受吧!能告诉我你的名字吗?"

我差不多一年前在放映室遇到佛劳伦斯。我们俩都认识的一位朋友拍了一部电影,我们去捧场,是那天仅有的观众。她几乎躺在宽大的椅子上,从头到尾要么抱怨,要么大笑,要么嗤之以鼻。电影结束时——应该说是结束前——她才开始讨论演员的表演。我请她喝了一杯。她大学毕业后当过几年演员。"演艺圈就像是牛市场,亲爱的。我实在受不了他们拿我和别人作比较。"

那次见面后没几天,她就盘腿坐在我家的地板上了。当与我合租一个公寓的那些人写下负责选角色的导演名字时,她建议他们与这些导演联系。她毫不费力地融入了我的生活,包括我的经纪人、试镜、剧本,还有年轻人毫无计划的生活。年轻人全凭运气、相貌,能够承受很多不确定性。她不仅喜欢他们半学生似的生活、嗑药、乱交、下体裸露癖,而且似乎艳羡和怀念这些。

"要是能待在这儿就好了。"她在门口说道,就像在演戏。

"那就留下来。"我从楼梯上冲她喊。

"现在还不行。"

"那要到什么时候呢?"

"好好玩!玩得开心!"

我们的"情人关系"就这样悄悄开始了。她打电话给我,而我几乎从不打给她:她说要见我。"五点十分在斯卡斯代尔!"我提前十分钟到那儿。当然,我除了参加演员讨论会,读剧本和演员传记之外无事可做。有时我们会上床。在床上,她无所不为,无话不说,像那些舞蹈演员和径赛运动员一般激情四射。我并不总是确定她心思全都在那儿。有时我只得提醒她并不是一个人在表演。

我们下午常常去看电影,然后去酒馆讨论编剧、表演和导演。她带我去看欧洲剧团的特别演出,那些表演使用怪异的道具、面具,演员胡言乱语。她带领我走进了舞蹈和表演艺术的世界。每次她和我吻别后转身回家,或去见她丈夫,我便去与女演员、上电视的女孩、学生,还有那些互裨姑娘①见面。她们可以让我不会过多地想起佛劳伦斯。一天晚上,我喝了酒,很伤心。我流泪了,怨恨自己不能去找她。两年多来我都没有找到合适的女朋友。最后一个和我同居的女孩后来也只成了我的朋友;关系没什么进展,也没什么结果。我的生活如一潭死水。佛劳伦斯似乎察觉到了。

我一直觉得我难以摆脱南伦敦②的成长环境对我的影响。伴我一起长大的那些人举止粗鲁,说话粗声粗气,并为此感到自豪。他们相信态度强硬是他们必不可少的生存手段。一离开学校他们就沦为流氓和小偷。他们二十多岁便有了自己的小孩,转行去做汽车生意,做建筑工人,或者做所谓的"保安"。他们依然去看足球赛,狂饮,追寻年轻时的理想,沉迷于这些理想。而我的理想是进入演艺圈,这让他们觉得很受威胁,会理所当然地把他们远远地甩在后面。我并不是说没有工人阶级出身的演员。我希望饰演不同的角色,希望改变自己,直到别人无法认出我。但我不想一直扮

---

① 为换取住处及学习某国语言的机会而为某一家庭做家务的女孩。
② 位于大伦敦地区南部,泰晤士河以南。一般认为,南伦敦分为西南区和东南区两部分,其中,西南区就业率高,是伦敦最富裕的次级地区之一;而东南区在所有次级地区中就业率最低,治安较为混乱。

演工人阶级角色,不想在电视连续剧中扮演警察或罪犯。

和这些朋友在酒馆时我会尽力保持过去的口音和态度,可我毕竟已不属于这个无名一族了,而他们对我鄙夷不屑,故意挑衅。"给我们作个演讲吧,拉里!题目就叫'买酒呢还是不买'!"他们揪着我价格不菲的衬衫起哄。有的认为我该这样,有的认为我该那样,我差点陷入他们之间的争吵。我开始觉得他们懦弱,卑微,满口大话,却无所事事,走不出这个地方。后来,佛劳伦斯让我懂得,要成功就得能承受别人的嫉妒和厌恶。

我没有受过很好的教育。就算佛劳伦斯发现了,也从不笑话我无知。她有时没头没脑,做出无聊的事;有一次她居然连续两天购物。但是,她会挑难懂的电影让我看,比如伯格曼的《呼喊与细语》①。她认为要看懂那部电影就得多看几遍。她看电影时一般会跟着唱歌,看这部电影的时候她会悲叹。她不像我把这些视为艺术,而是认为它们可以马上运用到生活中。

几乎自从遇到佛劳伦斯的那一刻起,我生活的方向就开始被她改变了。皇家莎士比亚剧团打算和我签约两年。我可以在斯特拉特福②与别人合住乡下小屋。她将偎依在我的身边,坐在埃文河③畔。为此我和朋友在乔艾伦④庆祝了一番,经纪人则在为合约

---

① *Cries and Whispers*,由瑞典导演英格玛·伯格曼执导,赢得1973年戛纳电影节技术大奖;1974年获奥斯卡最佳摄影奖,并获最佳导演、最佳服装设计、最佳编剧奖提名。
② Stratford,此处指埃文河畔斯特拉特福,是英国沃里克郡南部的一座小镇,位于埃文河河畔,是莎士比亚的出生地。
③ River Avon,英格兰中部地区的一条河流,源于北安普敦郡,流经北安普敦、莱斯特、沃里克、伍斯特、格洛斯特等五个郡,全长154公里。
④ Joe Allen,美国著名汉堡店。

而忙碌。

　　为了庆祝一下,我请佛劳伦斯到外面吃午餐。我从杂志上得知这家餐厅是伦敦最棒的餐厅之一,而她却坐在椅子上左摇右摆。我早该想到她并不喜欢吃东西。她身形纤瘦,胸部平平,像个跳舞的。她确实不喜欢在用餐时被这些她在电视里看到的人包围着。她认为他们都华而不实,毫无才能可言。

　　"我得告诉你一定要谢绝去斯特拉特福的机会。"她说。

　　"那是每个年轻演员的梦想,佛劳伦斯。"

　　"罗布,别傻了。这家公司太小了,太小了,"她说道,"不仅你身上这套西服太小,那些角色也太小。去皇家莎士比亚剧团只会白白浪费时间。"她用手指甲轻轻弹了弹我的鼻子。

　　"噢。"

　　"你得听我的。"

　　我确实照做了。

　　经纪人惊愕不已,十分恼火。虽然不完全清楚为什么,我还是听从了佛劳伦斯的建议。很快我就在几个小剧团饰演重要角色,比如说在布里斯托①演过《推销员之死》②中的毕甫,在切尔滕纳姆③的一个新剧中担任主角,在约克郡④饰演过罗密欧。

---

① Bristol,英国英格兰西南部的一个城市,位于伦敦以西约 105 英里。是英格兰西南地区最大的文化、经济和教育中心,拥有数量最多的传统英国建筑和历史最悠久的港口。
② *Death of a Salesman*,美国剧作家阿瑟·米勒的作品,获得 1949 年普利策奖。
③ Cheltenham,位于格洛斯特郡,以水疗为特色。
④ Yorkshire,位于英国英格兰东北部,曾是英国最大的郡,后因《1972 年地方政府法案》生效被拆分为六个郡。

佛劳伦斯和她的女友一起乘火车赶来看预演,我们深夜一起返回伦敦,用塑料杯喝着葡萄酒。她毫不客气地剖析了我的表演,我把她的话一一记录下来。"你有几次刻意让我们嘲笑你扮演的那个人物,可是那太糟糕了,"她说,"我当时就想,如果他再这样表演,我就去售票处退票了!"

我想正是这种批评提醒了我多么依赖她。等她说完,我也差不多被批评得体无完肤时,她还继续看着我,眼神中的欲望与爱意丝毫没有消退。

她可以接受我在电视剧或电影中扮演小角色。想要专注于电影表演,我必须先习惯面对镜头,"就像加里·奥德曼①和丹尼尔·戴-刘易斯②一样。"她说她知道屏幕上我怎样表现会讨女人们喜欢,我对她的这个想法一笑了之。她还说大多数演员只看局部,而我要学会怎样在整部电影中展开角色。她要我尽可能学习,因为我一旦得到承认,就会一举成功。她甚至建议我自己执导电影,她说:"如果你制作出自己的作品,那样的快乐是不一样的。"

我与戏剧学校的同学一样,满脑子都是计划和幻想。深思熟虑的人总给我留下深刻的印象,但抱负或生活中的渴望令我不安。我担心自己的渴望,不知这种渴望将指引我走向何处,让别人会如何看待我。然而,正如佛劳伦斯所言,如果没有挫折和战胜挫折的渴望,怎能建成教堂和银行?怎能消除疾病?怎能粉碎独裁?怎

---

① Gary Oldman(1947—),英国著名演员及影视制作人,擅长扮演奸诈的反派角色。主演的影片有《这个杀手不太冷》《空军一号》《哈利·波特》系列等。
② Daniel Day-Lewis(1957—),演员,具有英国、爱尔兰双重国籍,曾获1989年和2008年奥斯卡最佳男主角奖。

能赢得足球比赛?最简单的道理往往需要更多解释才能明白。佛劳伦斯让我充满希望,也让我相信这些希望都可能实现。

我对佛劳伦斯的梦想几乎一无所知,也不知道她和丈夫亚奇一起生活在怎样的世界里。亚奇有比较大的家产,我怀疑她与《玩偶之家》①里的人物有相同的处境。在我生活的市中心有一个地方一直都由英国人居住:他们是伦敦的"波希米亚人"。他们富有,慵懒,无忧无虑。他们买乡间宅邸,住法国和西印度群岛的别墅,举办派对,看歌剧,集体旅行和周末出游,从来不愁在这些地方没钱可用。这个圈子里的人互相熟识,几代人都是如此。他们的父母在五六十年代饮酒作乐的时代都是朋友或者情人。或许佛劳伦斯迷失在她并不完全喜欢,也不完全了解的世界里。她称丈夫的世界是"成人世界",认为我的世界很幼稚。我对她的这种看法很不满。我猜想她一定不喜欢这个矛盾的世界,可又无法过自己想要的生活。

"我叫罗布。"我回答他。

佛劳伦斯的丈夫伸出戴着婚戒的那只手。我差点不敢碰他,我受不了,他一定也发现我的手因为紧张而湿漉漉的。

"我叫亚奇·奥哈拉。以前来过这儿吗?"

"没有……我来这儿……只是为了逃避。"

"逃避什么呢?"

"你知道的。"

---

① *Doll's House*,挪威著名剧作家易卜生的代表作。

"是啊，"他漠然地说，"我怎么会不知道呢。我们正在做的就是。逃避。"

我们坐在那儿，玛莎看着我们，仿佛我们相互认识。亚奇穿着蓝夹克、白衬衫和黄灯芯绒长裤；他的脸很光滑，想必饮食得当。因为佛劳伦斯选择和他在一起——大部分时间都是如此——我想他身上一定有什么不寻常的特质。和我截然不同吗？还是有着相似之处但我没看出来呢？也许我会弄清楚的。

"打算在这待多久呢？"我问他。

他吸着烟，没作声。

玛莎说："如果需要，我可以告诉你们去哪儿，去看什么。"

亚奇回答说："谢谢，不过我一直想在乡下再买栋房子。我继承了一处如今被称作豪宅的房产，很多日本人通过我的窗户拍我的照片。我喜欢坐在那儿，有时候我真想打扮一下，戴着头冠坐在那儿。我太太说坐下去的话屁股下面就会扬起十几个世纪的灰尘。所以我们可能还要到处走走……找找房地产商之类的。"

我问："你太太喜欢乡下吗？"

"伦敦的女人对乡间田园生活充满了幻想，不过她现在正被枯草热折磨着呢。我真不明白，去人生地不熟的地方有什么意义。不过我觉得什么都没意思。"

他转过头大笑着。

"心情不好吗？"

"你看得出来，是吗？"他叹了口气，"一目了然，就像看被割破的喉咙一样，太明显了，"他顿了顿说，"我没打算自杀，不过也说不准。"

"我曾经两年都这样。"

他紧紧地抓着我的胳膊,佛劳伦斯有时也会这样。"现在好了吗?"

我轻敲着木质的吧台。"是的。"

"这样就好了。你现在是个快乐的年轻人,是吧?"

我想要让他知道,或许是因为遇见他,那种情绪又回来了。然而这次不是沮丧,而是绝望。两者的差别大着呢。

我们聊空虚,聊对生活的恐惧,聊荒原的产生,聊价值观和意义的贬低。我告诉他,忧郁是我内心世界的一部分。我认为整个世界都是这样的,除非我奋力抗争。

我说:"当人们无法过上自己想要的生活时,就会情绪低落。"

他砰地一拍吧台。"老生常谈,但一针见血啊。"

这时候酒吧的人差不多散尽了。玛莎收拾着酒杯,扫地,擦洗吧台,还继续给我们倒白兰地。

她看着我们说:"我们这儿很少有高深的谈话。"

"你怎么看待冥想呢?"他问,"你觉得是东方人的无稽之谈,还是确有其事?"

"它有助于专心,"我回答,"我是演员。"

"周围有很多演员。遍地都是,老是谈如何'入戏'。"

我问他:"你认识的人中有演员吗,不管男的还是女的?"

"你冥想时是数到十下还是数到……?"他问道。

"四,"我回答他,"这样的话时间短,不大会失去意识。"

"是谁教你的?"

我差点脱口而出回答说是他妻子。

"我有个很好的老师。"我说。

"你是在哪儿学的……能告诉我吗?"

"教我的那个女的……我是在电影院碰上的。她好像一下子就喜欢上我了。而我很愿意让她喜欢我。是她勾引我的,可以那么说。"

"真的吗?"倚在吧台上的玛莎问。

"也就在那时她拉着我的手,伤心地说她已经结婚了。我想那挺好的。不管怎样,她还是让我懂得了一些东西。"

玛莎问我:"她没说她已经结婚了吗?"

"她说了。就在我们上床前。"

"前一刻?"玛莎说,"她似乎不怎么样嘛。"

"为什么这么说呢?"

"看她对你做了什么!你想让她和丈夫分手吗?"

"为什么要那么做呢?我不知道。我从没那么想过。"

亚奇笑了。"那就等他逮住你吧。"

"我希望没耽误你的时间。"我对亚奇说。

"我太太这时候肯定进入梦乡了,今天玩不了那个了。"

"她总在这个时候入睡吗?"

"我没法把她从床上拉下来。"

"她在床上看书吗?小说?"

"你是干什么的,图书管理员吗?"

我解释道:"我喜欢了解别人的基本情况,而不是看法。"

"是啊,那是对别人的好奇心。你还有这种好奇心吗?"

"难道你没有吗?"

他想了想。"也许因为你是演员才会去观察别人。"

玛莎点了一支烟,若有所思。"你说得不完全对。我知道不是那么回事。那只是为看她而找借口。看她才是主要的。"她冲我笑了笑。

"也许你是对的,朋友,"亚奇说,"事情并非非此即彼。"

为了维护我,她瞪了他一眼。我朝她笑笑。

"我该走了,"他说,"早该走了。"

我想再问他几句。"你太太是做哪一行的?以前看过她演出吗?"

"我告诉过你她曾是个演员吗?不记得了。我通常不会那么说,因为那不是事实。你看到女人就心动,对吧?"

"你说什么?"

"看看你多欣赏我太太,在火车上我就看出来了。"他摇摇晃晃地从高椅上跳下来。"还是坐着好。最好扶我们上楼。"

他找到了我的肩,把手搭在上面。他很沉,我很想推开他。我实在不喜欢靠他太近。

"我来帮你一把,"玛莎说,"他房间不远,就在你的隔壁。"

我们一边一个,扶他上了楼。最后几级楼梯是他自己小心翼翼走上去的。

到了门口,他转过来。"送我进去吧,我不知道房间里的布局,里面现在也许是漆黑一片,估计只有我太太的牙齿是亮的。"

玛莎从他手中接过钥匙,打开了房门。

"晚安。"我说。

我没扶他进卧室。他跌进了房间。

"喂。"

我向玛莎招了招手。

"亚奇,"黑暗中传来佛劳伦斯的声音,她大吃一惊,"是你吗?"

"废话,不然还有谁?帮我脱衣服!"

"亚奇……"

"这是妻子该做的!"

我一屁股坐到地上,犹如建筑物外部的怪兽像,想象着佛劳伦斯从亚奇温热肥胖的身上脱下衣服的情景。我已经见过他,因此他的声音听起来也更清楚。

我听到他说:"我刚才在和一个人聊天——"

"和谁啊?"

"隔壁的那个小伙子。"

"哪个小伙子?"

"就是那个演员,你这个小傻瓜。他之前也在火车上,现在也住在这家酒店。"

"是他?怎么会呢?"

"我怎么知道?"

他打开了电视,换作我的话,一定不会在佛劳伦斯睡觉的时候看电视。我在脑海中浮现出她熟睡时的样子。我知道她睡着的时候脸是什么样子。

第二天早上,隔壁寂静无声。我在走廊里走着,希望不要碰到佛劳伦斯和亚奇。女服务员们已经开始打扫房间了。我对楼梯上遇到的人说"早上好"。酒店弥漫着家具抛光剂和油煎食物的味道。

在早餐的餐厅门口我撞见了他们。我们互相微笑。我悄悄走进去,走到柱子后面,在桌子边坐下,打开报纸,点了黑线鳕、西红柿、蘑菇、炸土豆。

前一天晚上我梦见自己精神失常,我梦见自己走在异国的小镇上,无法思考和行动,不知道自己是谁,也不知道要去哪儿。与其严肃认真地思考自己该怎么做,还不如让自己丧失行动能力,我不知道该不该这样想。我需要提醒自己,无望会引起沮丧。我还是要做点什么。吃过早餐我就坐火车回伦敦。

我在想我这一走很有可能就再也见不到佛劳伦斯了。这时她从角落里匆匆跑过来。

"你在干吗?你想干吗?噢,罗布,告诉我。"

她与我很近,我感受到她的呼吸,她的头发轻拂着我的脸,她握着我的手。我又想要她了。但是我恨她,也恨自己。

"你想怎样呢?"我问。

"我会劝他离开的。"

"什么时候?"

"现在。我一定让他坐中午的列车。"

"毫无疑问,他会坐在我旁边。"

"但我们可以聊天,待在一起。你想要我做什么都行。"我将信将疑地看着她。她说:"今天上午别走,别那样对我。"

一个西装翻领上写着"经理"的人此刻正站在桌边,我之前从未见过他。

佛劳伦斯没注意到他。"求你了,"她说,"给我一次机会。"她吻了吻我。"能答应我吗?"

"不好意思打扰一下,"酒店经理说,"先生,您要的车到了。"我看着他。他似乎已经把我们当成夫妻了。"这就是您要的出租汽车。适合一位先生和一位女士一起观光。"

"哦,对。"我说。

"两位要不要现在就去看看车呢?"

佛劳伦斯手一挥就走了。我走到外面,看着这辆体积庞大的四门轿车。选租这辆车的时候满脑子都是浪漫的遐想。我坐进车。

吃过早饭,我驾车去了莱姆里吉斯①,在科布港②走了走,然后去了查茅斯③,从悬崖的一侧爬上去,俯瞰大海。我开始有这样的感觉:自己已不再是个孩子,没法与父母一起度假。

我返回酒店,再次向佛劳伦斯道别。亚奇在暖房里看报纸。他今天穿着T恤,外面套了件西服夹克,穿着棕色短裤和黑色的鞋袜,这身打扮看起来就像是穿着职业上装却忘了穿长裤。

我往回退,希望他没认出我,就算认出了,也记不起我是谁。他对我说:"早上还好吗?"

他面前放着半瓶葡萄酒,脸上的汗亮晶晶的。

---

① Lyme Regis,英国多塞特郡海滨城市,位于英吉利海峡莱姆湾北岸,多塞特郡和德文郡的交界处。
② Cobb,英国港口,位于莱姆里吉斯。常常被用作文学作品中的背景,如简·奥斯丁的《劝导》和约翰·福尔斯的《法国中尉的女人》。
③ Charmouth,位于西多塞特查尔河口的小村庄。莱姆里吉斯和查茅斯都是挖掘化石的好地方。

我跟他讲了讲刚刚去过哪些地方。

"真是个大忙人。"他说。

"你们俩呢？一直待在……这儿啊？"

"我们一起散步，甚至还一起看书。我非常非常高兴能来。"

他倒了一杯葡萄酒递给我。

我问道："我想你会再待些日子，是吧？"

"只不过可能会惹你不高兴。"

他妻子佛劳伦斯走到另一个门口，眼睛眨了几下，嘴张着，好像要打哈欠。

"你怎么了？"她丈夫问道。

"累了，"她轻声回答道，"我要去睡了。"

亚奇对我眨眨眼。"是不是邀请我呢？"

"对不起，对不起。"她说。

"该死的你道什么歉？佛洛莉①，别傻了。我昨天晚上就是和这个年轻人聊天来着。"他边说边用手指指了我一下。"你曾经说……"他看着远处，轻揉着太阳穴，"你说……要是你内心燃起渴望和冲动，就会结束现在的生活，重新开始。但这么做后果很严重。昨晚我脑子里一直在想这个词：后果。如果放弃已有的一切，我就没法活下去。我曾想把这些通通抛到脑后，可我做不到。就好像……拼命往一个很小的箱子里塞东西，最后箱子会关不上。我的生活就是这样。如果随心所欲，一切就垮了……"

我意识到自己和佛劳伦斯一直四目相视，有时候眼神可以代

---

① 佛劳伦斯的昵称。

替抚摸。

亚奇好奇地看着我。"怎么了？以前见过我太太吗？"

"没见过。"

我的情人和我在握手。

亚奇说："佛洛莉，他因为感情问题而闷闷不乐。就为了一个已婚的女人。我们得想办法让他振作起来。"

"他不开心吗？"她问，"你肯定吗？人应该让自己开开心心的才是，你说呢，罗布？"

她朝我弯了弯手指就走开了。她丈夫则思索着自己虚假的生活。他的双手再次揉着太阳穴时，我立即一闪，跑步冲上楼梯，飞奔上楼。

我的情人在走廊里徘徊。

"过来。"

她拉着我的胳膊；我用颤抖的手打开了房门，她催我快进房间，走去浴室。她打开淋浴，拧开水龙头，冲了冲马桶，然后倒在我的臂弯，亲吻我的脸、脖子和头发。

我想让她和我一起离开这儿。在亚奇抬起头将眼睛擦干净之前，我们可以收拾好东西，跳上车，然后上路。这个想法在我脑子里翻腾，如果我说出口，我们的生活就会改变。

"亚奇发觉了。"

我后退了一些，这样能看见她的脸。"他知道我们的关系吗？"

她点了点头。"他在注意我们。观察我们的一举一动。"

"为什么？"

"他要确定，然后采取行动。"

"采取什么行动?"

"抓住我们。"

"抓住我们？怎么抓?"

"我不知道。真烦人,罗布。"

这确实把她逼疯了。我讨厌她疑神疑鬼的。别老是幻想,要回到现实,不管现实是怎样的。但是,我也有她那种想法了。我既不相信他已经察觉了我们的关系,但又相信。

"就算他知道了我也不在乎,"我说,"我已经厌恶了这样的关系。"

"可我们不能放弃啊!"

"你说什么？为什么不能呢?"

"我们之间有一种值得……的东西。"

"我完全不明白,佛洛莉。佛劳伦斯。"

她看着我说:"罗布,我爱你。"

以前她从未说过这句话。我们吻了好一会儿。

我关掉水龙头,从浴室回到卧室。她跟着我,接着我们就在床上了。我把她的裙子往上拉,她很快伏在我身上。整个乡下都能听见我们的欢爱声。我醒来时,她已经不见了。

我走在沙滩上,海风猛烈地吹着。我仰起头,任雨水落入眼中。我想到了洛杉矶,我的工作,想到接下来的几个月会发生的事。这部分人生已经成为过去。我期待新的生活。

晚餐过后,我站在餐厅外的花园,抽着大麻,呼吸着湿润的空气。太晚了,我已经决定不回伦敦了。今天醒来后我还没和佛劳伦斯说过话,只看见她和丈夫坐在餐厅中央的一张桌旁用餐。今晚她穿了一条紫色长裙。她似乎还是那样动人,充满魅力,有点像歌剧中的女主角,其他人像蚂蚁似的围在她身边,因为她魅力难当。再过一个晚上,她的表演会引起观众潮水般的掌声,她朝观众挥挥手,大步走向大海。我知道她不久就会和我在一起。当然,这仅仅是我的愿望,这不也是她的愿望吗?也许这是我们最后的机会了。到时会怎样呢?我已经收拾好行李,把车掉了头。

后面传来一阵骚动。

"感觉很棒。"她深吸了一口气说道。

我伸出胳膊,玛莎挽着我一会儿。我把大麻递给她,她吸了几口后递还给我。

"在想什么呢?"

"我下星期就要去洛杉矶拍电影了。"

"真的?"

"你呢,有什么打算呢?"

她和父母一起就住在这附近,父亲是当地一所大学的心理学讲师,脾气暴躁,嗜酒如命,已经一年没上班了。有一天他突然觉得伦敦十分讨厌,好像这个城市招惹了他似的,死活要把全家从肯特镇①搬到乡下,来到这个人生地不熟的地方。

"我和厨房里做饭的女孩经常琢磨待在这儿的人。"说着她突然问我:"怎么了?"

她回头看了一下身后。玛莎和我说话时,我看到过佛劳伦斯

---

① Kentish Town,伦敦西北部卡姆登自治市的辖区,商业繁荣,以酒吧闻名。

来到花园,注视了我们一会儿,然后双手往上一举,有哑剧中表演"绝望"的感觉。紫色的身影随后一闪就不见了。

"怎么回事?"

"跟我说说在你们眼中我是个怎样的人。"我说道。

"可是我们还不知道你来这儿做什么呢。可以告诉我吗?"

"你不会猜吗?"我不耐烦地说,"干吗老是问这些?"

她不高兴了,可我有办法让人主动开口谈论自己。从她口中我知道她最近去堕了胎,已经是第二次了;我还知道她骑摩托车;这儿的年轻人随身带刀,嗑药,一有机会就去鬼混,她想逃离这种生活。

"酒吧打烊了吗?"我问。

"是的,不过你想喝酒的话,我可以给你拿啤酒。"

"愿意和我一起喝杯啤酒吗?"我问她。

"我希望不止一杯。"

我亲了亲她的脸颊,让她去我的房间。"可是你如果回家晚了你父母会怎么说呢?"

"他们不会在乎。我常常找间空屋子就进去睡了。我不想回家,"她说,"你真的只想要啤酒吗?"

"随便你要什么,"我回答,"你可以拿到钥匙的。"

上楼的时候我望了望前厅。亚奇和佛劳伦斯正在厅中央跳舞,说得确切些,是他紧搂着她,随着节奏上下起伏。拼字板被撞倒了,字母也散了一地。他的头垂在她的肩上。五年后他会谢顶。佛劳伦斯看到我,举起一只手,不想惊动亚奇。

"喂!"他大喊一声。

"又喝醉了。"我对佛劳伦斯说。

"我知道你们干了什么好事！一直瞒着我！"他不怀好意地强调。

"什么时候？"

"今天下午，午睡的时候。你知道呀。"

我看了看佛劳伦斯。

"这儿的墙薄，"他说，"不过也不算太薄。我当时上楼是要去浴室拿东西。结果真有意思啊。嘎吱，嘎吱。"

"真高兴能给你带来乐趣，你这个家伙，"我说，"希望你也能让我乐一下。"

"罗布今天下午做什么了？"佛劳伦斯问。"别把我当成局外人。"

"哈哈哈，你这个小呆瓜，当然什么都没注意到。"

"不要用那种口气跟她说话，"我说，"你可以冲着我来，看看会是什么样子。"

"罗布。"佛劳伦斯用安慰的口吻说。

亚奇拍了拍佛劳伦斯的后背。"过来跳舞，别傻呆呆的。"

我看着他的后背。他烂醉如泥，根本不知道有人挑衅他，想打架。

我觉得自己入侵了他们的世界。我想起儿时去朋友家做客时的感觉。那儿的家具、玩笑和做事方式跟自己家里不一样。亚奇和佛劳伦斯的世界不属于我。

佛劳伦斯和亚奇在走廊里开门的声音传来时，我正躺在床上等玛莎。门关上了，我全神贯注地听着，怀疑亚奇是不是已经醉得不省人事,而佛劳伦斯躺在床上,难以入睡。

门开了,玛莎拎着一袋啤酒走了进来,发出咣当咣当的声音。我们打开窗,躺在床上,边喝酒边抽烟。

她靠着我。"想来一颗吗?"

我吻了吻她的拳,把她的拳掰开。"我知道这是什么,"我说,"不过我从不吃这个。"

"来这儿之前我也不吃,"她说,"它们会爽死你。"

"到浴室去倒点水来。"

她去倒水的时候,我把墙边的椅子移开,使劲推着沉重的床。

"我们把它……放在那边……靠着墙。"她回来时我说。

于是这个心跳血涌、手臂粗壮的女人开始与我一起推。

"你挪床干吗?"她问。

"我想那样的话玩起来才更带劲。"

"是啊,"她说,"的确是。"

我们又躺下了,一丝不挂,几分钟后便听见有人敲门。我们像受惊的孩子,紧抱着对方,听着外面的动静,不敢作声。敲门声又响了一次。玛莎可不希望今晚丢了饭碗。不过后来就没声音了。我们甚至连脚步声都没听到。

我们终于松了口气,在被窝里我轻声问她:"你觉得隔壁那对夫妻怎样?你们谈论过他们吗?你觉得他俩合适吗?"

"我喜欢那男的。"她回答说。

"你说什么?真的吗?"

"他逗我们发笑。那个女的很漂亮……不过挺危险的。想和她上床吗?"

我笑了起来。"没想过。"

"你听。"她把手指放到嘴唇边。

我们谁也没动。

"他们正在做那事,就在隔壁。"

"是的,"我说,"一点没错。"

"他们声音很轻,"她说,"我只听见他的声音。"

"他自个儿在玩呢。"

"不是的,我能听到……她的声音。轻微的喘息声。听见了吗？抚摸我吧。"

"等一下。"

"听……听。"

"玛莎——"

"嘘……"

我走进浴室,洗了把脸。药力开始发挥作用了,很像我和朋友们在郊区尝试过的兴奋剂。尽管只是药,却带我进入另一个世界,让我愈发觉得孤独。我回到卧室,打开收音机。当时音量一定很大,我们云雨时的声音也很大。玛莎做爱时毫不吝啬。不久,我们进入了一场性爱风暴。后来,一阵奇妙的清新的微风吹过来。异样的平静和凉爽。

玛莎很早就下楼做早饭了。拂晓时分,我沿着布满石子的海滩跑步,直到筋疲力尽才停下来走了一会儿,然后继续跑,始终能感受到第一道曙光。我冲了个淋浴,将行李打包好后下楼吃早餐。

佛劳伦斯和亚奇就坐在我邻桌。亚奇在看地图,佛劳伦斯一直低着头,似乎连头发都没梳。亚奇起身去拿食物时她抬了一下头,脸上就像戴着面具,身体似乎已经被掏空了。

吃过早餐收拾东西时,我发现他们的房门开着,有把椅子卡在门口。服务员在走廊远处的一个房间忙碌着。我看到没叠的床。我走进我的房间,找到了包里佛劳伦斯留下的毛衣和手套,然后拿到他们的房间。我站在那儿。她的鞋在地上,香水、项链和几支钢笔在床头柜上。我把头套进毛衣,很紧,袖子太短。我又戴上手套,扭动了几下手指。然后,我把手套放在床上,走到浴室,从她的化妆包里拿出剪刀,剪下一只手套的中指部分,然后放回被剪掉的位置上。

车在通往大路的乡间小道上颠簸。我跳下车,俯瞰着海边的酒店。我想回去。我讨厌分离,讨厌结束。我的问题在于我的忍受力太强了。

伦敦好像只是用坚硬的材料和漫天飞扬的尘土建成的。一切都有棱有角,尤其是那儿的人。我去父母那儿,然后就上床了。几天后,我动身去了洛杉矶。在那儿,我只是一个年轻的演员,但至少有个饭碗。回到伦敦后,我们都搬出了公寓,我第一次有了自己的住处。

我渐渐喜欢妻子还在梦乡时,一早推着婴儿车,带着儿子,出门喝咖啡。我通常会遇到其他男人,他们的妻子也需要多睡一会儿。星期天早上八点,大街上冷冷清清的,我们会在海伊大街上唯一开门营业的麦当劳里喝上一杯巧克力奶昔,聊聊我们的孩子,抱怨我们的妻子。然后,我通常会去公园,经常是一个人,就是为了能躲开妻子,单独和儿子在一起。在抚养孩子的问题上,我们的观念有很大的分歧。她不明白这些分歧对孩子有多大的影响。家里难得有清静的时候。

就在那个公园里，我见到了佛劳伦斯，这是自那次"假期"以来我第一次见到她。她似乎从我身边一闪而过，就像九年前在火车的窗子前一样。一念之间，我想把她尘封在记忆中，可好奇心太强了。"佛劳伦斯！佛劳伦斯！"我喊道，又喊了一次，直到她转过身来。

她告诉我说，在电视上看了我演的一部电影后，她一直想着我，一直盼望再见到我。

"我一直在关注你，罗布。"她说。我们彼此打量着对方。

她唤住儿子，他站在她旁边；她拉着他的手。她和亚奇已经在公园的对面买了房子。

"我甚至去现场看了那些戏。我还是想知道你会不会从舞台上看我一眼，尽管我知道那是不可能的。"

"我没有，不过我确实想过你会不会感兴趣。"

"我怎么能不感兴趣呢？"

我笑着问她："我演得怎样？"

"比以前好，现在你演得少了。或许你知道——我说这些你不会介意吧？"

我摇了摇头。"你是了解我的。"我说。

"你是一个很投入的演员。简直无可挑剔。我仍然喜欢你。"她犹豫了一下。"我的意思是，比以前更喜欢你。"

她没什么变化，不过脸就像被刮掉了一层健康的脂肪，露出了骨头。她比以前瘦，看起来有点虚弱，或者说弱不禁风。她原本就瘦小,而现在她的动作很谨慎。

聊天时,我回想起自己曾让她失望,但无法想起具体是哪些事。"度假"之后的好几个月她都在我的脑海里,挥之不去。把我和她的事当成一个年轻男人的愚蠢和不幸讲给一个朋友听之后,我发现自己不那么思念她了。这个朋友放声大笑时我忘记了这一点:没什么比笑话更能让人释怀了。

然而,我常常希望听到她的意见,得到她的支持,尤其是当记者对我太感兴趣而胡编乱造我的八卦新闻时。过去的几年,我演得很好,得到褒奖,收入颇丰。可我的自我感觉并没有跟上这种改变。我一直压抑自己,拒绝快乐。"成功并没有改变你。"朋友们这么说我,似乎是恭维我。

分别时,佛劳伦斯跟我说她下次来公园的时间。"请你一定要来。"她说。回到家我把见面的时间和日期写了下来,然后把便条塞在了一叠纸下面。

我们的相处很小心,只是试探性地、有礼貌地交谈。但是,我喜欢和她在阳光下并肩坐在茶馆外的长椅上,而她八岁的儿子在一边踢足球。他是个受到过伤害、多疑的孩子,长发齐肩,就是不肯剪短。他总喜欢和大一些的男孩们打架,佛劳伦斯不知道拿他怎么办。没这个孩子她早就离开了。

目前,我朋友很少,喜欢与她在一起。电话响个不停,但我几乎不出门,也从不邀请任何人来家里做客,像是得了恐惧症。我对别人有什么看法,连我自己都说不清楚,但是人的思维原本就很难摸透。我刚演过一部电影的主角,觉得筋疲力尽。

白天我录制广播剧和有声读物。我喜欢学着把自己的声音作为谋生工具。我觉得用不着求别人,所以独自生活了很长时间。和我一起喝酒的那个医生很荒唐,竟热衷于药丸和好心情。他说,如果我现在所拥有的无法让我快乐,那么我将永远与快乐无缘了。他不愿意正视人和人之间的冲突,希望我服用抗抑郁药物,仿佛我宁愿被麻痹,也不想了解可怕的自我。

几个月来,我一直想弄明白为什么每天早上醒来都觉得很难受,于是我开始接受治疗。我知道一部分原因和佛劳伦斯有关,那不能言说的秘密就是最危险的隐情。我只是刚开始理解心理分析理论,不过有个观点却让我深受启发:我们并不是生活在意识的某个精确的点上,而是同时存在于多种意识之中,尤其是做梦的时候。躺进华莱士医生的诊所前,我从没和别人就我最私密的事情有过如此深入的交流。对我而言,我把分析——即我与他的对话——称之为"文明的最高点"。躺在诊疗床上,我开始回想和佛劳伦斯之间的恋情。这些更像醒着的梦——如同柯勒律治[①]的"超然遐思"——而不是深思熟虑,仿佛我给自己设定了晚上要思考的题目。一切,尤其是儿时的记忆,都在这个爱回忆的年纪回来了。

秋天一个雨天的午后,在我们见了四五次后,我和佛劳伦斯坐在潮湿的茶馆里一张桌子旁边。其他的客人就只有一对老夫妻。佛劳伦斯的儿子坐在地上画画。

"我们能来杯啤酒吗?"佛劳伦斯问道。

---

① Samuel Taylor Coleridge(1772—1834),英国浪漫派诗人和批评家。"超然遐思"(flights of lawless speculation)出自其诗歌《老水手之歌》(*The Rime of the Ancient Mariner*)。

"这儿不卖啤酒。"

"乡下这地方真差劲。"

"想换个地方吗?"

"你会觉得麻烦吗?"她问。

"不会。"

刚才我闻到了她身上的酒味。我知道她是在逃避现实;我开始更有目的地喝酒。

当我在柜台取茶的时候,我看到佛劳伦斯双臂伸直,举着菜单,然后拿近了些,又拿远了些,试在什么距离能够看清楚。之前我在她手袋的上层看到一个眼镜盒,但是我并没意识到那是一副看书读报时用的老花眼镜。

当我坐下来的时候,佛劳伦斯说道:"昨天晚上亚奇和我一起去看了你的新电影。和他一起坐在那儿看你的电影让我感到很不舒服。"

"亚奇还记得我吗?"

"电影结尾的时候,我问了他。他记得那个周末。他说你比大多数演员更有内涵。你给了他帮助。"

"我倒希望他不记得我。"

"我虽然不知道你们那天晚上聊了些什么,但几个月之后,他辞职了,进了出版社。他觉得薪水低一点没有关系,下定决心找一份不让他感到压抑的工作。说来也怪,事实证明他非常擅长现在的工作,简直如鱼得水。就像你一样。"

"像我一样? 那都是你的功劳。"我想把我取得的成就归功于她教我自信、自主。"如果没有你,我不会有这么好的开端……"

可我的感谢却让她觉得不舒服,仿佛是我在提醒她有这样的能力,而她不想知道自己正在浪费它。

"可我需要听听你的意见,"她急切地说,"有话直说,就如同我过去对你那样。你觉得我还能重新做演员吗?"

"你在认真考虑这个问题吗?"

"这是我唯一想为自己做的事。"

"佛劳伦斯,几年前我们一起看剧本,可我从没见你上过舞台。这点暂且不谈,戏剧表演这一行也不是想回就能回的。"

"我已经开始在寄照片了,"她接着说,"我要演些有分量的角色,比如契诃夫和易卜生笔下的女人。我想要愤怒地咆哮和发泄,是不是很滑稽?罗布,告诉我,我是不是很蠢。亚奇认为这是中年疯狂。"

"我觉得有道理。"我说。

分开的时候她碰了碰我的胳膊,说:"罗布,前几天我看见你了。不过我想你没看见我,是吧?"

"要是看见你,我会跟你说话的。"

"你当时在熟食店买东西。和你一起的是你太太吗?那个金发女郎……"

"是其他的朋友。她在附近有房子。"

"那么你——"

"佛劳伦斯——"

"我并不想打听你的私生活,"她说,"可是以前你也常常那样托着我的背,带我穿过拥挤的人群……"

我不想被人认出和那个女孩在一起,怕登报后传到我妻子那儿,但同时我又不想偷偷摸摸。这让我不知道怎么办才好。

"我当时吃醋了。"佛劳伦斯说。

"是吗?为什么呢?"

"我早就希望……对我们来说不算太晚。我想,你是我最在乎的人。这是少有的,不是吗?"

"我根本不了解你,"我生气地说,"你为什么要和亚奇结婚……然后又和我约会呢?"

这个问题我从没开口问过,我担心她会觉得我在指责她,或者担心听她细说自己和丈夫多么和谐,般配。

她说:"我不想承认这一点,可是我迷信地认为结婚可以解决我的问题,让我有安全感。"我不禁大笑起来,她冷冷地看着我。"这样的话,我们俩就不得不面对一个问题。"

"什么问题?"

她看了儿子一眼,语气温柔地说:"为什么你和我都选择跟那些无法满足我们的人在一起?"

我半晌没说话。然后,一个算不上笑话的笑话却惹得我们开怀大笑。自重逢以来,我们还是第一次笑得如此无拘无束。最近我在看一部当代作家的作品,说的是他与女友分手的始末。作品毫不留情,里面写的都是确实发生过的事,已经引起读者的反感。我开玩笑地对佛劳伦斯说,人们确实低估了离婚带来的快乐。人们会说分离的残忍,但分离的快乐呢?再也不用和那个讨厌的家伙同床异梦,再也不用听那些日复一日的抱怨,还有什么比这更令人精神振奋呢?解脱的那一刻,就像献上自己的初夜或者变成百万富翁一样,会被永远铭记住。

我站在茶馆的门口，看她返回去，从树下走过，穿过公园；她撑着白伞，步伐轻盈，几乎没碰到落在草叶上的雨滴。她的儿子跑在前面，我确实听到了圣灵般的笑声回荡在空中。

　　再次见到她时，她快步走到我面前，吻了我的双颊，说有事告诉我。

　　我们带着孩子们一起去一家有花园的酒馆。我开始喜欢这个剪过头发的男孩——她的儿子本，可是一开始我不知道如何和他沟通。"像对待大人一样。"我决定这么做，这是最好的方法。我们把外套铺在地上，把儿子放到上面，他弯着腿，开始手脚并用地乱爬，鼻子贴着地，撅着屁股，本在后面追他，和他玩躲猫猫；儿子的笑声把我们都逗乐了。别人喜欢他，而我更加喜欢。过了一段时间，我开始习惯于照顾他，享受他带来的乐趣，而不再认为自己的需求是最重要的。

　　"罗布，我找到了一份工作，"她说，"我给他们写了自荐信，过去了，试镜了。那是一家酒馆的剧场，在一个充满了啤酒味和霉味的地下室里。没有报酬，只从票房收入中提成，可还是份不错的工作，是很棒的工作！"

　　她在《玻璃动物园》①中扮演母亲，巧的是，这家酒馆就在我住的那条大街的尽头。我说我很高兴。

　　"你一定会来捧场的，对吧？"

　　"那当然。"

　　"我常常在想，回忆起那个假期，你还会不会很不安。"

---

① *The Glass Menagerie*，美国剧作家田纳西·威廉斯的成名作。

我们从未讨论过此事,不过现在她却兴致勃勃。

"我曾想过无数次,真希望亚奇当时没和我一起去。"

我笑了起来。为时已晚,现在这么说有什么用呢?"我的意思是,我希望当时没带他一起去。坐在没有开动的列车上,看着你一脸不高兴,是我一生中最糟糕的时刻。可是我想我那时候是疯了。我一直很期待那个假期。临行前的晚上,亚奇再次问我要不要他和我一起去,他感到我心神不宁。收拾行李的时候,我意识到如果这次和你一起走,我的婚姻就完了。你会去美国,会拍电影,会因此成功,女人们会竞相投入你的怀抱。我知道你并不真的需要我。"

我不知说什么好。但是我知道亚奇很专注于自我,不会受她的影响。他什么都要,什么都拿走。与我不同的是,亚奇并不把她看作要解决的问题。她作了明智的决定,选择了一个不会生她气的人。

她继续说:"比起激情——或者说爱,我更需要亚奇带给我的力量和安全感。对我来说,那就是爱。他也曾问过我是不是有外遇。"

"为了证明你没有,你邀请他一起去。"

她抓着我的手臂说:"我现在可以做任何事。只要你开口。"

我想不出要她做什么。

一连几个星期我都没看见她,我们都忙着排练。一个星期六,我和妻子海伦一起逛超市,她推着手推车,儿子坐在里面,我拿着购物篮。佛劳伦斯从拐角处走过来,我们一见面就聊起来。她很喜欢彩排。导演并没有让她的才能得到充分发挥。她对我说:"罗布,我可以演得更好!"不过导演不会和她一起上台,舞台上的她感觉自己像个皇后。"不管怎么说,我们已经是朋友了。"她意味深长地说。

亚奇不喜欢她做演员,他不想陌生人看着她,不过让她去做自己想做的事是十分明智的。她已经有了经纪人,正在想办法接更多的戏。她相信自己会成功。

我的妻子和她的丈夫把买来的东西装好后,亚奇走过来,我们又一次被介绍给对方。他身材魁梧,头发外翘,面色红润,眉毛就像一片被笨重的动物弄得乱七八糟的玉米地。海伦不解地看看我们。佛劳伦斯和我站得很近,也许她或我正抚摸着对方。

回到家,我走进自己的房间,希望海伦别来敲门。我猜她不会问我佛劳伦斯是什么人。她想知道的太多了,还不如别问。

我还没有看过这部作品,就兴致勃勃地邀请了几个电影和戏剧圈的朋友去给佛劳伦斯捧场。演出开始前,我们在酒吧里喝酒,我看得出剧场会座无虚席,这一点导演肯定没想到;他一定想知道这些穿着昂贵平底鞋的俊男靓女是从哪儿来的。他们分散坐在常客中,手支撑在洒满啤酒的吧台上,抬头看着电视中播放的足球赛,像是在寻找天文奇观。我开始担心,怀疑自己对佛劳伦斯是否真的有信心,想知道其中有多少是为了感激她给我的鼓励。就算我失去判断力又何妨?我认识她这么久了,用不着去评价或批评她。她是我生命中的一个人。上次在茶馆见面时,她告诉我说一年半前她手术摘除了耳后的一个良性肿块。她很怕会复发,这使她对生活又充满了热情。

铃响了,我们从一扇写着"剧场和洗手间"的门走进去,摸索着又破又陡的楼梯,走进地下室,剧场就是由地下室改造的。进门时导演把节目单发给我们,就一张纸。这儿弥漫着霉味,尽管很昏暗,但还是看得出它很破旧。我前面有一根柱子,可以把脸颊靠着它休息一下。我听见外面的汽车警报声,楼上传来男人们的欢呼声。但是,这狭小的剧场却相当安静,观众一脸专注,期待着这个籍籍无名的本地剧团带来盛大的演出。这是我这几年来头一回感受到剧场的纯洁和热情。

中场时,我走出来,看到亚奇在我后面爬楼梯。到了上面之后,他气喘吁吁地抓住我的胳膊,想稳一稳自己。我买了杯酒。为了一个人待一会儿,我起身,站在酒馆外面。恐怕要是我的朋友,那些"贵宾"中场休息后还坚持留下来,一定是因为我不同意他们离开;如果他们向我称赞佛劳伦斯,那是因为他们猜到了我们之间的关系。我很清楚佛劳伦斯在舞台上的表演功力和激情。我知道,艺术家们会认为自己的作品很有趣,自己扮演的角色具有原创性,具有直击人心的力量。但是,观众并不见得有同感,他们甚至根本不注意这些,而是仅仅关注故事情节。

亚奇在酒吧门口四处找我。他看到我就走了出来,我看到一同走出来的还有他的儿子本。

"你好,罗布。马特呢?他在哪儿?"本问我。

"马特是我儿子,"我对亚奇解释道,"我想他已经上床睡觉了。"

"你们碰巧认识的?"亚奇问我。

我拉了拉本的棒球帽。"我们在公园里偶然遇到的。"

"是在茶馆里,"本脱口而出。"他和妈妈谈得可带劲呢,"他看着我说,"妈妈想和你一起演一部电影,我也想。我将来也要当演员。学校里的男孩都认为你是最棒的。"

"谢谢,"我看了看亚奇说,"你读的学校一定很贵吧,我敢说。"

他站在原地,看着别的地方,若有所思。

我问本:"你觉得妈妈表演得怎样?"

"好极了。"

"你怎么看呢?"亚奇问我,"从一个戏剧电影界人士的角度来评价?"

"她在舞台上似乎很自然。"

"在这条道路上她可以走得更远吗?"

"演得越多就会演得越好。"

"是这么回事吗?"他说,"你就是这样成功的吗?"

"一部分原因是这样吧,我也很有天分啊。"

他看着我,眼神里带着仇恨,说:"你觉得她会继续演下去吗?"

"如果她想提高演技就一定要演下去。"

他看上去既自豪又恼怒,一脸不高兴,仿佛他一直熟悉的世界正消失在迷雾中。到目前为止,她一直跟随着他的脚步前进。我不知道今后他是否愿意跟在她后面,而她是否愿意让他跟从。

我走进酒吧,找到了我的朋友们。他在旁边打断我,说有很要紧的事与我说。

"随着时间的流逝,我越来越爱佛劳伦斯了,"他告诉我,"我只是想让你知道这一点。"

"我知道,"我说,"那很好。"

"是啊,"他回答,"好的。楼下见。"

四把蓝色的椅子

—Four Blue Chairs—

约翰和黛娜午饭喝了点汤,吃了面包和西红柿色拉,然后出门了。走到最后一级台阶,他们停了一小会儿。他同往常一样,挽起她的手臂。他们总会养成一些小习惯,让彼此更加确信已经习惯两个人一起做事。

今天骄阳似火,大街上几乎见不到什么人。似乎除他们之外,所有人都出去度假了。此刻,他们也有一种度假的感觉。

他们喜欢把毛毯、靠垫、收音机和各种护肤乳都拿到露台上去。野草从铺路的石缝中钻出来,猫躺在篱笆顶部的爬藤植物上。他俩下午常常躺在那儿,看看书,喝喝柠檬汽水,想想过去发生的一切。

但是今天不能这么做。商店打来电话,说那四把蓝色的椅子到货了。黛娜和约翰等不及店家送货,下午就得去把椅子取回来,因为今晚亨利要来吃饭。他们昨天去购物了。在刚学会做的那几道菜里,他们今晚挑了鲑鱼排、西兰花、新鲜土豆和三豆色拉。

亨利是第一个来他们家吃饭的客人。实际上,他是第一个来他们家的客人。

约翰和黛娜已经在这个租来的公寓里住了两个半月。这儿的大多数家具,如果换他们自己来选,不一定会看得中,但还凑合,尤其是每个房间的书架,他们拿湿布擦得干干净净的。黛娜打算去把她其余的书和书桌也拿过来,这让他很高兴。他觉得,从那以后,他们之间的关系就没有回头的余地了。厨房里的木桌还是够大的,三个人可以舒服地围坐在一起,吃饭,聊天,喝酒。他们有两块色彩鲜艳的桌布,是在印度买的。

他们开始把东西往桌上放,堆在一起。她会试着把东西摆放好,然后他会看看,似乎在问,那样行吗?她看看他;两人四目相对,就能知道对方是否同意这样摆放。比如,他们把钢笔插在放剃须用品的杯子里;她的花瓶就放在旁边;今天上午,他的那尊石膏佛像也放在了桌上,她也同意了。两人就那张猫咪图画还未达成一致,但她目前并不打算把画挪开,因为她想考验考验他。桌上有几张他们的合影,是一年前度假时拍的,那时他们还和以前的伴侣生活在一起。还有几张他孩子的照片。

眼下,厨房只有两把破椅子。

约翰说,她以前在他一个朋友家的晚宴上见过亨利;他说亨利一定会喜欢这几把带藤条椅座的蓝椅子。亨利几乎对什么都感兴趣,只要有人热情地向他介绍。

经过一番谨慎但友好的讨论,他们最终同意与亨利继续来往。约翰和黛娜喜欢在一起说话。事实上,为了有更多的时间与他说话,黛娜甚至辞去了工作。他们说话有时脸贴着脸,有时背靠着背。他们平时很早就上床,就是为了在床上说话。他们不愿意发生争执。他们觉得一旦争起来会谁也不让谁,会大吵大闹。他们大吵大闹过,甚至有几次差点要分手。他们以前与别人有过争执,他们担心这种争执再次出现,这让他们现在感到紧张。

但他们一致认为邀请亨利作为第一位客人是个好主意。他就住在附近,一个人住。他喜欢别人请他出来。他在卡路西奥餐厅①附近工作,会带来异国风味的蛋糕。今天晚上吃饭时不会没人说话,气氛不会尴尬。

他们四天前看到那几把蓝色的椅子。那天,他们在附近寻找一家印度餐馆,讨论各自中意的印度菜,讨论怎样才能在国王大街上的这家餐馆点到野大白羊肉,怎样才能从富勒姆路的外卖摊上买到浓香咖喱对虾等等。他们不知不觉地走进了哈比塔特购物中心②。也许是累了,也许只是不愿再走了,在那家大商店,他们坐在各式各样的椅子上、沙发里、桌子边,甚至睡在躺椅上,想象着他们一起在海滨或山里。他们偶尔在商店两端远远地看看对方,有时他们之间的距离很近,肩并肩地走在一起,心里感叹:我选择的心爱的人,我一度寻觅的那个人现在就在身边;新的生活已经开始了,我梦寐以求的一切今天终于成为现实。

---

① Carluccios,著名意式餐厅,由意大利名厨安东尼奥·卡路西奥1999年在伦敦创建,供应正宗意式食物,现已成为遍及英国的连锁餐厅。
② Habitat,英国设计师特伦斯·康兰1964年创建的品牌家具店,引领了20世纪70年代的生活风潮。现属于瑞典宜家集团。

商店里似乎没人介意他们浮想联翩。他们忘记了时间，直到一名营业员从柱子后面走过来。那四把蓝色木椅的椅座是用藤条做成的。他们一会儿坐在上面，一会儿起身，一会儿又坐下来。最后他们决定买下来。他们还看上了商店里其他样式的椅子，但它们不打折，所以他们只好买这些便宜点的。离开商店的时候，黛娜说她更喜欢这些蓝色的椅子。约翰说如果她喜欢，那他也喜欢。

今天在去商店的路上，她坚持要买一个小相框，还要把一张印着一朵鲜花的明信片放在相框里。她说她想把相框放在桌上。

"亨利来的时候吗？"他问。

"是的。"

在他们刚开始同居的那几个星期里，他发现自己对她处理某些事的方式不太认同。他们刚好上的时候，他并没有注意到这些，或是没时间去适应。举个例子来说吧，她喜欢晚上坐在门前的台阶上吃饭。他年纪不轻了，不适应波希米亚式的生活，但他不能对什么事都说"不"。他只好坐在那儿，脏东西掉进他盛意大利面的碗里，邻居们都打量着他，而男人们则盯着她看。他知道这是他所向往的新生活的一部分，而每当这些时候他会觉得无助。他再也错不起了。

营业员说他去拿椅子，过几分钟就把椅子送到楼下。最后两个男人把椅子搬来了，放在商店的出口处。

看见椅子不是一把一把分开的，连最起码的包装也没有，约翰和黛娜很是惊讶。它们装在两个长长的棕色箱子里，活像两副棺材。

约翰已经说了他们自己能将椅子搬上地铁,然后再从地铁站搬到公寓,这段路并不远。现在她才意识到他不是说着玩的。

为了演示一下该怎样做,而且确实可以做得到,他紧紧地抓住一只箱子,朝底部踢了一脚,把它推出了商店。然后,顺着购物中心光滑的地面,他推着箱子相继经过糖果店老板、保安和坐在长凳上的老太太身边。

在出口处,他转身看到她站在商店入口处望着他,大笑着。他觉得她好可爱,他们在一起总是那么幸福甜蜜!

她有样学样,像他那样推着箱子。

他继续推着,心想这样就可以把椅子搬回去了,他们马上就要到地铁站了。

但出了购物中心,在炙热的人行道上,箱子粘住了。在水泥地上是没法推薄纸箱的,箱子就是不动。那天早上,她建议借一辆车,但他说附近是不能停车的。也许他们可以打车,但外面的路是单行道,他们走反方向了。他没看见出租车,而且车上无论如何也放不下两只箱子。

到了外面的大街上,在烈日下他稍稍下蹲,双臂抱住箱子,就像抱着一棵树。他举起箱子,不由自主地发出各种叹息声。即便他看不清在往哪儿走,即便他的鼻子都已经紧紧地贴在了箱子纸板上,他还是坚持搬,继续往前走。他们仍然在路上。

没走多远,他身体的各个部位就开始不听使唤了。明天他会全身酸痛。他又一次把箱子放下来,其实他差不多是把箱子扔下来的。他回过头,看见黛娜正在擦眼角,似乎眼泪也笑出来了。这真是一个炎热的下午,邀请亨利过来实在是太不明智了。

他正想冲她大喊,问她有没有更好的法子,但当他注视着她的时候,就知道她已经有了。她在任何事情上总有更好的办法。要是听她的话而不自以为是,那他就不是今天这个样子了。

她做了这件令人刮目相看的事。

她举起箱子,用臀部抵着,双手抓着硬纸板盖,开始往前走。她从他身边走过,从容不迫,腰板挺直,好像一个非洲妇女肩上扛着一头山羊,似乎这是再自然不过的。她向地铁站径直走去。显然,这是个妙招。

他学她的样子,全然一副直着身子走路的非洲妇女模样。不巧的是,他没走几步硬纸板盖就撕裂了,裂成两半,箱子掉到了地上。他无法继续往前走了,一时不知所措。

他感到很尴尬,觉得人们都在看着他,嘲笑他。人们确实是这样的。他们看看搬着箱子的这个男人,又看看搬着另一只箱子的那个漂亮女人。他们看看他,又看看她,笑破了肚皮,好像这种事以前从没见过似的。他宁可认为自己并不在乎,认为到了这个年纪,他不会把别人的嘲笑当回事。但他知道在他们眼里,他就是个愚蠢的小男人,他一直渴求的东西化为泡影,沦落到在烈日炎炎的大街上滑稽地推箱子的地步。

可能你正在恋爱,但能否将四把椅子一并搬回家却是另外一回事。

她折回来,向他走去,站在那儿。可他却没看她,他十分恼火。她说只有一个办法。

"好吧,"他很不耐烦,但还是表现得很耐烦,"我们继续吧。"

"别着急,"她说,"冷静点。"

"我正设法让自己冷静下来。"他答道。

"那你蹲下来吧。"她说。

"什么?"

"蹲下来。"

"在这儿吗?"

"是的。那你觉得是在哪儿呢?"

他蹲了下来,伸出胳膊。她摆出抱树的姿势抓住箱子,把箱子弄倒,放在他举过头顶的双手上。头顶上箱子压着他,他想站起来,就像奥运会举重运动员一样,用膝盖使劲。但与奥运英雄不同的是,他身体不禁往前倾。周围的人不再取笑他了。他们很紧张,让周围的人小心,并且四散开来。他头顶着箱子,跌跌撞撞地向前走,十足一个喝醉的阿特拉斯①,而她则在旁边指手画脚,嘴里念叨着:"稳住,稳住。"不仅如此,他眼看就要把椅子朝路人扔过去。

一个过路的男人帮他们把箱子放了下来。

"谢谢。"黛娜说。

她看着约翰。

"谢谢。"约翰拉长着脸说。

他站在那儿,上气不接下气,上嘴唇出汗了。他满脸是汗,头发湿漉漉的,头皮发痒。他身体不太好,或许不久会突然死去,就像他父亲那样。

他没看她,而是像抱树一样抱起箱子,拖着双腿走了几码。然

---

① Atlas,希腊神话里的擎天神,属于泰坦巨神一族,灵魂之神伊阿珀托斯之子,因反抗宙斯失败,被罚在世界最西处用头和双臂支撑天空。

后把它放下,接着又抱起来,又走了几码。她跟在他后面。

在地铁车厢里,他觉得应该没什么事了,只有一站路。但出了地铁车厢,他们发现要在车站内搬这个箱子基本是不可能的。抱树的姿势已经无法继续了。他俩一起把一只箱子先抬到地面上,然后再回去抬另一只。这时,她一言不发。他看得出来她累了,看得出她厌倦了这种愚蠢的行为。

在地铁车站入口,她问卖报的人,能不能把一只箱子先放在他那儿,等他们一起把一只箱子搬回家后,再回来搬另一只。卖报人同意了。

她站在约翰的前面,把胳膊放在身前,伸出双手,就像一对兔耳朵,箱子就这样放上去。她身穿绿色的无袖上衣,斜挎着包,包带穿过她的肩和长长的脖子的后背。他一边走一边看着她。

如果放下箱子,那就前功尽弃,他心里这样想。虽然中途停了三次,但她一直很专注,他俩都很专注,没有把箱子放下来。

他们走到房子台阶的最下面,终于把箱子竖放在阴凉的厅里,然后长长地舒了口气。接着他们回去搬另一只,他们已经找到了办法,而且很有效地实施这种方法。

一切搞定后,他轻轻揉着并亲吻她酸痛的双手。她把头瞥向一边。

他们什么也没说,从箱子里拿出这几把带藤条椅座的蓝色椅子,然后将包装箱扔到角落里。他们把椅子放在桌子的四周,看看它们,坐了上去。他俩这样坐坐,那样坐坐,把脚也架了上去。最后,还换了桌布。

"太好了。"他说。

她坐下来,胳膊肘放在桌上,低头望着桌布。她哭了。他轻轻抚摸着她的头发。

他去商店买了一些柠檬汽水。回来时,她已经脱掉了鞋,筋疲力尽地躺在厨房的地板上。

"我累了。"她说。

他给她倒了一杯饮料,放在地板上。他躺到她身旁,双手放在脑袋下面。过了一会儿,她转向他,抚摸着他的胳膊。

"还好吗?"他问。

她微笑地看着他。"嗯。"

再过一会儿,他们就会开葡萄酒,开始准备晚餐;亨利很快就要来了,他们会边吃边聊。

他们会上床休息。第二天早上用早餐时,当他们把黄油、果酱、柑橘酱拿出来的时候,那四把蓝色的椅子会围绕着凝聚他们爱情的桌子旁。

物是人非

—That Was Then—

我们选择情人时眼光会很好,选择不合适的情人时眼光就更好了。好像有一种本能,或是磁铁,或是天线,想方设法去寻找那些不合适的。当然,这些不合适的人在有些方面倒是挺适合的——他们惩罚,恐吓或羞辱我们,让我们失望,离我们而去,或者最糟的,让我们误以为他们并非不合适,是差强人意的,于是我们在爱情的世界里摇摆不定。当然,并不是每个人都能做到这一点。

整个上午,他都在想娜塔莎会不会杀了他。

他虽然不知道娜塔莎想要什么,但与她谈话会与以往不同。已经四年没有她的音讯了,她突然变得异常坚持,三番五次给他写信,寄到他和他经纪人家里。之后,他回了封短信,意思是他们没必要再见面了。收到信后,她又打了两通电话到他的新家,最后和他妻子萝莉谈了谈。萝莉非常担心,推开他的房门,对他说:"她是不是想和你重归于好?"

他慢慢地转过身来。"不。我也不该那么想。"

"你会见她吗?"

"不会的。"

"请你让她别再打过来,好吗?"

"好的。"

"那就好,"萝莉说,"好。"

娜塔莎坐在咖啡馆外的一张桌子旁,喝着咖啡,她一袭黑衣,但不是皮的。恐怕整个公园里,只有她一个如此忧郁、做作。他早就到了,但为了能晚一点出现,他还特地端着咖啡去花房看了会儿报纸。在花房里,他凝视着花圃,希望见到儿子。马上他们就要开始谈话了,尼克不像以前那样需要别人。

那天早上他出其不意地打了个电话给娜塔莎,告诉她见面的时间和地点,就在伦敦西区建于十八世纪的帕拉第奥①别墅的庭院里。尽管有些忐忑不安,但不可否认的是,他也很想知道她现在的情况。掐指算来,他已经整整五年没见过她了。

整个夏季,天阴沉沉的。开学已经两周了。那天,久违的阳光突然穿透云层,让他感觉到了季节的变化。在往池塘倾斜的草地上,人们穿着短袖,戴着太阳镜。年轻的恋人们依偎着躺在一起。这儿是中产阶级聚集的地方。出来野餐的家庭围坐在毯子上,享用着精致的食物。葡萄酒瓶塞被拔起,棉餐巾分发到了

---

① Palladian,一种比例和对称关系异常严格的欧洲建筑风格,以意大利文艺复兴时期建筑大师安德烈亚·帕拉第奥(1508—1580)设计的意大利维琴察园厅别墅为主要代表。该风格建筑设计灵感源于古罗马和古希腊传统建筑的对称思想。现多指受帕拉第奥设计的建筑启发而形成的风格。

每个人手里,正在树叶和高高的青草中寻找七叶树果的孩子们也被唤了回来。

他站起身,毅然朝娜塔莎走去,但是薄雾让一切看起来很朦胧,秋天时凉时热,让他没有想到的是,这些竟然让他有些想入非非了。心头重新唤起对生活的热爱,这种感觉如同肉体上的快感一般。他经常和妻子、孩子一起来这儿。没有他们,生活便无聊透顶,这时他就会想到他们。晚上,他和自己的女人躺在床上,她穿着蓝睡衣,儿子穿着爱德华时代泳衣式的蓝色条纹婴儿连体衣,在房间另一头的婴儿床里闹腾着。终于,他明白世上没什么地方让他更想去。

他只是想偷偷地看娜塔莎一眼,但他觉得娜塔莎已经看见他了。如果再躲躲闪闪,恐怕有失风度。

他看着她,跨出灌木丛,大步穿过咖啡馆前的沥青碎石路面,在桌子之间迂回前进,狗、骑着自行车的孩子、端着盘子的大人拥挤在一起,不耐烦的服务生穿行其间。娜塔莎抬头瞥了一眼,让他看清她在哪儿。她甚至站起来,踮起脚尖。如果此刻他看着她,想看看岁月在她身上留下的痕迹,娜塔莎也一样会看着他。

她吻了一下他的脸颊。"剪头发了。"

"灰白了吧?"他问,"还是以前就是灰白的?"

他还没来得及躲开,娜塔莎的手就已经伸进他的头发里了。

"耳朵后面原来有几根白头发,"她说,"现在——只有一根黑的。怎么不去染一下呢?"

他看到她的头发还是像从前那样染成了"摇滚黑"。

他说:"何必麻烦呢?"

她笑笑说:"别对我说你已不再注意外表了。这件深蓝色的防水衣看上去真不赖,不便宜吧?这双鞋多少钱?"

"娜蒂①,我有儿子了。"

"我知道啊,帅哥。"她边说边用手上那枚硕大的银戒指敲打着桌子,那是她十几岁时她的地狱天使黑帮②男友送的。

"喜欢做父亲吗?"

他看向别处,旁边的桌子上堆满了周日的报纸、盘子、杯子和儿童玩具。他听到一个个贵族学校的名字,就像圣徒在点名似的。他想起小时候父母就督促他要懂礼貌,他希望礼貌能让人们不至于过分亲近,人们能实话实说。

他说:"我儿子胖乎乎的,可以让我亲个够。我们还从没看见过他的脖子呢。但他的嘴巴会冒泡,下巴上口水很多。每次我带他来这儿都会给他戴上白帽子。他只要一哭脸马上就会变红,就像一个发脾气的大厨。"

"你让我赶过来就是想跟我说这些?这个鬼地方找都找不着。"

他说:"我还以为你听了这些以后会很开心的,如果你知道……一九六六年五月,披头士乐队的《雨》和《平装书作家》的宣

---

① 娜塔莎的昵称。
② Hell's Angel,也称地狱天使摩托车党或地狱天使飙车党,最初为1948年成立于美国加利福尼亚方塔纳和圣贝纳迪诺的摩托车爱好者组织,该组织成员通常身穿皮衣,开着大号摩托疯狂飙车,后来逐渐变为一个黑社会组织,20世纪80年代在加拿大成立"地狱天使黑帮",在北美、欧洲均设有分会。

传片就是在这儿拍的。"

"我知道了,"她说,"没别的了?"

"嗯,是的。"

他和娜塔莎都喜欢听六七十年代的流行音乐;以前,他们总是喜欢躺在她公寓里东方风格的坐垫上,边喝薄荷茶,边欣赏和讨论唱片。他们对异国情调的东西感兴趣。

在遇到娜塔莎之前,他做了几年流行音乐记者,写些关于时尚、音乐以及与这些相关的政治事件的做作报道。后来,在一家老式的宽幅日报社做艺术记者,颇受人尊敬。报社里的记者都认为他年轻,喜欢唱反调,生活放荡。报社录用他就是因为他不随大流,敢于说真话。

事实上,一到晚上,他竭力想让别人知道他内心有多纠结。他对谁也没说,他觉得一定要写一本关于他父亲的回忆录,该说什么就说什么。书里写到了他童年时的恐惧,父亲的虚荣和慈爱。在最后一章中,他说现在的男人们和父亲们如二十年前的女人一样,已经从社会对他们的传统期望中解放出来,他在书中说到他们在这种情况下会变得怎样。出版前,他担心会被别人嘲讽;毕竟该书毫不隐讳,甚至有点一本正经。

这本回忆录好评如潮,还得了奖。人们说还没哪个男人曾如此剖析过自己。他为了写一本讲述在一家通俗杂志社工作的年轻男人的小说而放弃了记者的工作。小说后来被改编成电影,很受欢迎。他住在旧金山和纽约,教文学写作,改编一些尚未拍好的电影剧本。他出名了。很多人都嫉妒他,连他自己都嫉妒自己。人们谈起他就好像他当年说起电影明星时那样。见到娜塔莎以后,情况就变了。

她问:"现在还听那些歌吗?"

"《我想牵你的手》①、《她爱你》②这样的歌你能听上多少遍?我觉得新歌不怎么样。"

她说:"那些交响曲和协奏曲听起来都差不多。"

"至少他们能演奏。"他说。

"音乐家们只是在读谱。那不是音乐,而是在看地图。"

"我们中又有多少人能看懂呢?他们最好别把自己的想法夹带进音乐,强加给听众。别忘了那几年我天天晚上都去听演奏会。真有意思,每次我都迫不及待地赶回去,静静地播放几首艾斯利兄弟乐队③的歌。"

他笑着朝一个男人挥了挥手。"假期过得怎样啊?"有人大声问他,"建筑工人们呢?"

"有人认出你了,"她说,"是经常读书的人吧。失眠恐怕是他们唯一的问题。"

他笑了笑,仰天望着太阳。"他们认识我,因为这个公园里只有我儿子穿着皮夹克。"

她让他坐下,但他俩都在等待。

她身体向前微倾。"你原先不是在躲我吗,今天怎么要见

---

① *I Wanna Hold Your Hand*,披头士乐队于1963年发行的单曲。
② *She Loves You*,披头士乐队于1963年发行的单曲。
③ The Isley Brothers,美国俄亥俄州的一个家族乐队,组建于1957年,是同时横跨节奏布鲁斯、灵魂、放克等风格的重量级团体,是"70年代最成功的节奏布鲁斯放克乐队",入选摇滚名人堂。

我呢?"

"因为萝莉——你和她通过电话后——去看我们在威尔特郡买的房子了。"

"看来你已经进入上流社会了啊?"

"不是那种挂满难看的照片,养有身上湿漉漉的狗的乡村房子。是伦敦郊外的一栋房子。这么多年来还是头一回下午有空,"他说,"找我干什么呢?"

"虽然肯定已经打扰你了,但我并不想这样。"她目不转睛,诚恳地看着他。"来支烟吗?"

"我戒了。"

她点了支烟,接着说:"我不想被你从生活里连根拔除——不留一丝痕迹,消失得无影无踪。"

他叹了口气。"前几天我还在想我再也不会像以前那样喜欢我的父母了。世上的任何事都没什么理由。我们会喜欢上某样东西,也会不喜欢它——谢天谢地。"

"如果你没写到我的话,那我会接受你的观点。"

"我写了吗?"

"在你的第二本小说里,是两年半之前出版的。"她看着他,但他什么也没说。"尼克,两年前我们经常见面,我认为那时我们的生活是隐私的。"

"一起生活?"

"有时你睡在我那儿,有时我睡在你那儿。难道我们不是天天见面吗?难道我们不思念着对方吗?"

"是,"他说,"确实如此。"

她说:"尼克,你利用了我的性工具。也就是我放在阴道里自慰的工具。"

他压低了声音。"那本书的克罗地亚语版已经出版了。已经被翻译成十种外文了。谁会认出书里那毛茸茸的阴部是你的,水桶腰和干瘪的屁股是我的呢?"

"我认得出。这难道还不够吗?"

"谁说写的是你的阴道?有时候阴道——"

她用手擦了擦脸。"别狡辩了。你在书里管它叫英格兰中部。你把那些进去的人叫作'英格兰中部人',人数还不少,个个都挺恶心。"

"我喜欢这样开玩笑。"

"开的是我们的玩笑。"

"好吧。"

"我还以为这不会再让我不安,但我一直耿耿于怀。尼克,我感觉被你羞辱了。"

"你的感觉并不是由这本书引起的。"

"不是这本书。就像你在书里所说的那样,我父亲出去上课时,我妈就对我做那件很恶心的事。"

他说:"我遇到过的大多数女性都遭到过性虐待。假如她们害怕男人,憎恨男人,是不是因为她们有过这种经历?"

她听不进去。她想说的太多了;他让她接着往下说。

她说:"第一次见面你给我留下了深刻的印象。作家们理应去感受,去了解。他们聪明,待人诚恳,勇敢,有良知。你写作的时候脑子里浮现着你我在床上的一幕幕,还写下来了,这让我无法接受。只要能达到目的,你是不是什么都可以说,谁的隐私都不顾呢?假如你只相信自己的优势,那你不得不承认自己做了件糟糕的事。"她捡起烟,又扔下。"你为什么不把那个女人塑造得坚强一点?"

"谁坚强?希特勒?弗洛伦斯·南丁格尔[①]?撒切尔?她希望自己藐视人类的困惑。这么说是不是更准确些呢?"

他竭力心平气和地看着她。她从没和他这样较真。她一直弄不明白,迁就他,害怕失去他。他们的分手很突然。但之后的一年多,他们每天都要打好几次电话,在酗酒或吸毒后见面。他常常想,为什么他们无法继续下去;如果她愿意的话,他甚至考虑过和她再次见面。他们曾经相处得不错。

娜塔莎笨手笨脚,觉得手肘往外凸。虽然小时候努力纠正过,现在走起路来还是外八字,这都被他看在眼里。尽管她读书速度很快,阅读量也不小,但她知道的东西永远不够。脸上的一个斑点,一块瑕疵,一条新皱纹,慢慢下垂的眼袋,或是一小块不太滋润的皮肤总会引起她的注意。说得委婉点,她不够自信。但有时她又自信满满,兴高采烈,意志坚定,然而过后又自责。大笑之后,她会用手捂住张开的嘴巴。她不愿意压抑自己的情绪。心中恐惧或者厌恶的时候,她会写下来,然后与它战斗。也许只有到了五十岁以后,她的心才会平静下来吧。

他望着娜塔莎,她的形象变得模糊起来。这一新形象不仅是

[①] Florence Nightingale(1820—1910),英国护理学先驱、妇女护士职业创始人和现代护理教育奠基人,被誉为英国的"伤员的天使"和"提灯女神"。

她的过去和现在的融合,还是第三个人,正和他俩坐在一起。类似的情况以前也发生过。娜塔莎似乎让一个虚构的女人坐在他们之间。她和娜塔莎长得很像,但在性格上与她相反,是理想中的她。这个娜塔莎就像一个明星,聪明,冷静,自信。她的形象是从不同的角度看过去的,穿着好一些的衣服,擅长芭蕾和厨艺,很健谈。她把娜塔莎往好的方向引导,但又嘲讽着她,让她相形见绌。他俩都爱上了这个理想中的人。这个人在他俩的脑海中挥之不去,就像一个活生生的人,但他们却无法拥有她。娜塔莎永远也比不上她。他们得找到别人——陌生人——来亲眼目睹,崇拜这个完美的娜塔莎。而幻觉破灭时,就像电影放映机发生故障,他们得摆脱那些陌生人。

"你不是也写吗,"他说,"你应该知道灵感的来源复杂多样。"

"我还在写,"她说,"虽然你嘲笑我。"

"你对公平正义还有如何生活感兴趣。文学作品并不提供任何建议。它不是一本旅游指南,但是你一定知道想象力能将某些东西提升,移到别处,在它们飞翔时改变它们。说那些是原创的,不过是借口而已。"

她假装哽咽住了。"亲爱的,想象的魔毯并不会把你带到很远的地方。为什么你要用我作原型呢?尼克,你这样对待我是很野蛮的。我问过别人对此事的意见。"

"他们也这样认为吗?"她点了点头。他说:"这些天你在做什么?"

"我的培训结束了。现在,我是一个理疗师。信用卡欠下了一大堆债。他们把我的车拿走了。人一旦走下坡路,就一发不可收拾。你根本无法——"她摇了摇头。"不,不行,我不能在你面前丢脸。"

"你平常就是这么说的。"他说。

"你说得对。行了。嘿,你看。"

她扔掉手中的香烟,卷起袖子。她吸了一口气,胳膊收缩。胳膊上的肌肉隆起。"我在健身。"

他心想娜塔莎会不会要他捏一捏她的肌肉。"波佩①一直吃菠菜。"

"健身的感觉很不错。"她说。

"那是最要紧的。"

"我与一帮年轻人在一起。"

"那很好啊。"

他看到她耳朵上打了好几个洞。很可能全身都有。和她上床就好像抱着仙人球一样,但他不会说这个。话说得越少,就会结束得越早。他知道自己只有听她说话的份。突然,他想起了什么。

"我的记性还没到很差的地步,"他说,"但这些天我拿起一本书却记不起前一天看了什么。其实我正在费力地在看一本七百多页的我喜欢的一个人的自传。里面写了很多事实。唯一让我还有点兴趣的是作者的坐骨神经痛和腰椎间盘突出——到了你我这种

---

① Popeye,美国动画片《大力水手》的主人公。波佩是一个体格瘦弱、外形古怪的水手。他与女友奥莉弗在一起生活后,总受到坏人布鲁托的欺负,布鲁托试图抢走奥莉弗。每当碰到困难时,波佩总能得到一罐神奇的菠菜,吃了后他变得肌肉发达,力大无穷,最终战胜布鲁托。此处指娜塔莎像波佩吃过菠菜后肌肉发达。

年纪,能想象那是什么滋味。最后我完全想象不出那个人会是什么样子。书里没有提及任何私人的和人性的东西。于是我就想:除了小说,我们还能从哪儿了解到人细微和复杂的内心? 只有小说能让我们接触到我们的内心世界。"

她向远处望去。"我一直都没工作①。"

"怎么不去西班牙呢?"

"什么? 我刚才说工作。"

"那很重要吗?"

"我想看看自己擅长什么。我的一个留着平头的病人遭到母亲和姐姐的性骚扰。他大概连自己身上的文身都看不懂。当他坐在那儿一个劲地喊'阴道,阴道,阴道'的时候,他痛恨的不是我,折磨的不是我,我为什么非得帮这个王八蛋不可? 尼克,在你那间小房子里,你握着那支除了你谁也不能碰的特殊的笔,喝着只有你才煮得出的咖啡,听着你才可以接触到的音乐,看着钉在面前印着著名油画的明信片,你无所不能,自给自足。我没说错吧?"

"很对。"

"你总是躲进你的内心深处,你的藏身之处。让我恼火的是,在你的笔下你与疯狂毫不相干,疯狂集中在我的身上:有点毒瘾,不检点,自我毁灭。难道这不是厌女症的表现吗?"

他吃了一惊。"我也不清楚。"

"你看,尼克,在情况……失去控制之前,你得到了别人的承

---

① 英语中"职业"与"假期"这两个词读音相似,所以下文中娜塔莎的意思被误解了。

认。你没什么了不起的,和那些自卖自夸的三流作家没什么两样。我还记得你坐在那儿看你最喜欢的小说,边看边画。剃须镜上贴满了单词,都是要学要用的词。同一个句子,你会用不同的方式一遍一遍地重写。我无法想象一个女人会那样有条有理,意志坚定。你很想得到别人的尊敬。我只希望你别用卑鄙恶毒的手段报复我。"

他说:"男人和女人,只要他们想彼此得到些什么,就不可能没有矛盾。而且他们必须希望从对方身上得到些什么。男女关系就是这么回事。"

"诡辩!"

"是事实!"

她说:"自欺欺人!"

他站了起来。他的家不远,用不了多久就能到家。他会搬一张矮椅子,坐在新的花园里,边看书边打盹儿。最近在花园上砸了不少钱。六个男人曾搬着植物、树和铺路的石头从侧门进来;他和萝莉等不及花园自然长成。那不是他的钱,也不是萝莉的,那是她在美国的父亲给的。当已婚但并不独立的女性所拥有的既不是自己挣来的,也不是她们应该得到的,她们会怎么想,他想知道自己是否了解她们内心的想法。他并不感觉那是种羞辱,不过的确很痛恨。

五月的一天,他在当代艺术中心①举办的一个私人派对上遇

---

① Institute of Contemporary Arts,英国最早的非营利综合性艺术中心,位于伦敦特拉法加广场附近,于1947年成立,由当时一群艺术家、诗人和作家共同创办,中心拥有两个美术馆、两座电影院,还有剧院、书店、阅览室以及一个小餐馆。如今已成为各种新兴艺术展示自我的前沿阵地。

到了娜塔莎,那儿离白金汉宫不远,可以看见大本钟。为了给自己壮胆,他离开公寓之前,总要喝点酒,吸点大麻;他暗暗觉得挺有讽刺意味。他认识的人中谁也不承认自己是"左派"或者承认支持苏联。"与其说我是一个党派人士还不如说我是个无政府主义者。"当尼克从人群中挤向饮料桌的时候,他听到了这句话。有人回答说:"一直以来,我只是一个欧洲共产主义者。"他自己说:"我从不喜欢加入什么组织。"他那些富有想象力的"左派"朋友们早就去了柏林,目睹柏林墙的倒塌。"为了置身于历史的中心。"有人是这么说的。"头一回。"尼克说道。

讥笑是再简单不过的了。那时他知道什么呢?直到最近他才开始读历史书。十年前,人们和他一样,被那些残暴的、控制思想的意识形态弄得走火入魔。这让他着迷。以往,他只相信流行文化。流行文化的轻浮和愤怒具有颠覆性,但仅此而已,并没什么作用。如果有人问他的看法,他不敢表达什么意见。但是他能够描述。

和他一样,娜塔莎通常只在早上工作,教书或是写论文。他们都喜欢伦敦,倒不是喜欢剧院、电影院或饭店,而是科林·麦金尼斯①小说里描写的那种简陋的地方。尼克认识了一些名人和有钱人;他经常被邀请去参加鸡尾酒会、开张剪彩、午餐和慈善晚宴,但要每天都这样过,那日子未免太乏味了。他开始在诺丁山②一个大得很少有人光顾的酒吧里和娜塔莎见面。他们在那儿吃吃东

---

① Colin McInnes(1914—1976),英国小说家,代表作有《绝对新手》和《黑桃之城》等。
② Notting Hill,伦敦西区地名,靠近海德公园西北角,是一个世界各地居民混居的区域,以一年一度的嘉年华著称。

西,喝喝酒,谈天说地,和那些好像永远都在那儿,上了年纪的拉斯塔法里派教徒①们点头打招呼。他们从附近街区的年轻毒贩那儿买毒品,听到他们的抢劫计划。诺丁山是个富人区,房子很豪华,但人们好像还没有意识到这一点。那儿的酒馆成了被遗忘的角落,地毯湿湿的,满是灰尘的橡木吧台上到处是被烟头烫坏的痕迹。但这儿很快就会变得富丽堂皇,挤满看上去会上电视的人,但他们其实只是电视摄制组的。

他和娜塔莎经常注射可卡因、迷幻药或嗑点摇头丸,或者三样一起用——然后再到附近她住的地下室里消磨整个下午。天黑以后,他们叫对方起床,对着旁边的镜子抹上眼影,然后蹬着高跟鞋出去。

这时,她拉着他的手。"你不能就这样抛下我不管!"她把他拖回座位。

他说:"你拉不住我的!"

"可别忘了你追我时送的那些鲜花!"她说,"别忘了我们之间的激情!别忘了夜里一起步行穿过这个城市,然后一起吃早饭!别忘了我们之间说过的那些话!还有,我们肩并肩一起仔细看你的作品!难道你忘记了吗?那些日子,你稍微遇到点困难就丧失信心,是我一次又一次地把你拉回到书桌前的啊,难道你都忘了吗?你认识的每个人都想成为名副其实的作家,但谁也没做到。可是你想,为什么我不能呢?难道我没帮过你吗?"

"是的,你帮助了我,娜塔莎!谢谢你!"

---

① Rastas,指崇拜前埃塞俄比亚皇帝海尔·塞拉西(Haile Selassie)为神,信奉黑人终将得到救赎重返非洲的牙买加黑人教派的信徒,在宗教仪式中使用大麻,禁止理发。

"你没有把这些写进书里,是不?你把别的东西写进去了!"

"你说的那些不适合写进我的书!"

"哦,尼克,难道你就没法让它适合吗?"她看着他。"为什么要嘲笑我呢?"

"我们这样谈下去也不是个办法。还是出去走走吧?"

"可以吗?"

"为什么不行呢?"

"我一直以为你马上就要走了。有时间吗?"

"有的。"

"我以前叫你'我的糖醋人',还记得吗?"她似乎放松下来了。"我希望过上自然的、富有创意的生活,把平庸和痛苦变成艺术。要是能像一个自娱自乐、独自玩耍的孩子那样满足那该多好。这就是我想要的。这就是为什么那么多人羡慕艺术家。"

"使命,"他说,"听起来像一个人的名字。"

"是的,像个引路人。一个能认清方向的人。我不想把它说得那么神圣,因为它本身不是那样。"

"一个引路人。一个男人。"

她叹了口气。"可能吧!"

他说,"我在想……我们这代人多么喜欢梦露[1]、亨德里克斯[2],甚

---

[1] Marilyn Monroe(1926—1962),美国最著名的电影演员之一,流行文化的代表人物,1999年被美国电影学会评为"百年来最伟大的女演员"第六名。1962年8月5日,她在洛杉矶的寓所中被发现身亡,官方认定她是服用过量安眠药自杀,但颇有争议,不排除有不慎用药过量或他杀的可能。

[2] Jimi Hendrix(1942—1970),美国著名吉他手、歌手和作曲家。他创造性地发展了传统摇滚乐,最大限度地展示了吉他演奏的魅力。作品被奉为摇滚经典。1970年9月18日,他因吞食大量安眠药导致呕吐物堵住咽喉窒息而死。

至是柯本①。我们好像恋上了死亡。我们欣赏的那些人几乎没一个不是喝得醉醺醺再上床的。那不正是流行文化的问题,我们的问题吗?"

"什么意思?"

"我们被称为放纵的一代。虽然我们没上战场,却想杀了自己。几乎我认识的每个人是这样——或者曾经是这样。"

"但是我正打算——"她把手伸进包里,身体向他靠过去。"把手伸过来,"她说,"伸出来啊。有东西要给你。"她把东西放到他手里。"看吧。"

他摊开手。

尼克和娜塔莎没精打采地走在北肯辛顿大街。那儿有一家二手书店,一家出租华丽花哨衣服的商店,尼克和娜塔莎经常光顾的那家皮草和橡胶衣物商店就在这两家店之间。窗子封上了横条,里面被刷成了黑色,光线昏暗,让人看不清那些表面光鲜亮丽的红色商品实际上是粗制滥造的货色。店员们穿着店里卖的衣服,不过是不算大胆出位的那种——尼克喜欢称它们戏服——他们很热情,给顾客倒茶,递饼干。

尼克和娜塔莎穿着从慈善商店买来的仿皮外套,去臭味相投的人聚集的地方,寻找新的恐惧和冒险。在这个艾滋病猖獗的年代,它们随处可见。如果夫妻之间相互算计,那肯定是有目的的。

---

① Kurt Cobain(1967—1994),美国歌词作家、音乐家,"涅槃"乐队的主唱和吉他手,死于自杀。

如果还有纯真无知的人,那么就可能有在性的方面越轨的人。他们投向彼此的怀抱,轮流扮演维吉尔诗歌里的角色①,最后都不知道自己是小孩还是大人,男人还是女人,主人还是仆人。平庸、不快和无趣向快乐的转变就像巫术一样——踏车上可怜的唐·璜必须不停地制造生命的能量。

尼克想起一天晚上走到一家大型俱乐部的阳台上找娜塔莎。他从阳台上往下看,看到一群人身着奇装异服,插着羽毛,半裸着身体,场面壮观,那些人穿着不同时代的服装,戴着不同时代的面具,代表着各种激情和千奇百怪的念头。娜塔莎也在其中,和一个在邮局工作,戴着马辔头的老头一起等着他。

尼克心想,是不是俱乐部里的每个人都喜欢把自己弄得神神秘秘的,正如他们津津乐道于这样的神秘莫测——人与人的相处有多么奇特,而发现这种奇特本身就很刺激,孩子们只要相互之间咬咬耳朵就能明白。当然,总会有些可怕的开始。他们是最奇怪的人。他知道人本身就没那么简单。让他们害怕的似乎是平凡、熟悉的东西。

正如演员无法停止饰演一个角色,似乎能永远待在舞台上一样,他和娜塔莎想永远保持在戏剧的最高点,没有失望,没有自知,就停在那儿,只有持续的高度亢奋和脑中明亮的白光。

---

① 维吉尔(Vigil,前70—前19)是古罗马诗人。主要作品有诗集《牧歌》《农事诗》和史诗《埃涅阿斯纪》等。此处应该是指《牧歌》。《牧歌》采用牧羊人对唱或独唱的形式,描绘了牧人的日常生活、爱情以及田园风光。其中第二首与第三首牧歌描写了包括同性恋、单相思以及滥情纵欲等在内的情欲,以及牧羊人对爱情的思考。

为了用快乐来消除痛苦——有人称之为举手之劳——他们用毒品麻醉自己。尼克记得他以前在学校的一个朋友说过——这是他听过的最好的毒品广告——"飘飘欲仙时,你将无所不能。"为什么生活会出现问题呢?看看周围的朋友和熟人,有多少人能不依靠毒品而生活呢?他们拼命逃避,直到变得像战死沙场的一代。那些患有弹震症①的战争幸存者们在乡村诊所里围坐成一圈,自我忏悔。他觉得他们把成功拱手让给了那些蠢货和平庸之辈。半夜之前,他很少能看清眼前的东西;他和娜塔莎彼此搀扶着,如同一个摇摇晃晃的三角形的两条边。他们害怕清醒,虽然他们不记得为什么。他们的英雄、传说和神话都是毫无希望的无能者,满是死亡的意象。

他看见人们染上了海洛因之瘾,如同命中注定似的;幻想能远离毒品,这是个既自负又假正经的想法。尼克曾想找到和他有相同意愿的人;他把他们变成看守他的狱卒。他回忆起那些头戴橡皮面具的人,他们像刽子手一样扑向他。把活生生的人变成没有意志的东西是很费劲的,在他的成长过程中从没遇到过这些。

一天中午,他在她的公寓里醒来。他从床上爬起来,拖着沉重的步子在房间里走来走去,重新认识一个他并不熟悉的东西——他的身体。他被狠狠地鞭打过;脸和手都擦伤了;他一定跌倒在哪儿了,没人注意到,连他自己也没有。

她已经上班去了,给他留了张字条。"记着,记着!"她用口红

---

① 又被称为"战争精神病"。战场上部分士兵由于战争的残酷而感到极度恐惧和困惑,因而表现出情绪激动、精神崩溃、注意力无法集中、失眠、愤怒、哭泣等症状。

潦草地写了这几个字。

记着什么呢？他想起来了。他的任务是从他的银行账户里取出三千英镑,那是他除了公寓以外的所有财产。然后去一个男人那儿买毒品,那个人什么样的毒品都卖,但只做大生意,那样他们就不必隔三差五地买了。两小时后他就能拿到毒品;服用后几分钟,可卡因就会起作用,生命中的一天一夜将会浑然不觉地过去。娜塔莎就要回来了,然后他们去见一对情侣;那儿有笼子、鞭子、冰和火。

人们可以选择做教师和上班族那种枯燥死板的生活方式,也可以选择离经叛道,吸毒,寻欢作乐。谁也没告诉他什么样的生活才有意义,而他内心并不觉得生活有什么意义。

然而他想起了什么。他走出公寓,强忍着疼痛坚持走到郊区;最后他跌跌撞撞地走过一片又一片田野,再也没回到她那儿。接下来,他戒毒,痛心疾首,非常沮丧,每天在书桌前一坐就是半天,不断地提醒自己心中依稀记得的训导,希望有人能把他绑在椅子上。契诃夫戏剧里的角色总是说"这全是因为工作,工作,工作啊"①。他想,这样的祈祷多么枯燥,似乎有了奴隶制世界会变得更好似的。但无聊能遏制天马行空的愿望,让他不再相信只有离经叛道才可以让他充满活力。他只好再次安安静静地坐下来。

冰冷的一个月过去了,他重新发现了自己的能力和胆量,他

---

① 出自契诃夫的短篇小说《带阁楼的房子——画家的故事》。地主别洛库罗夫告诉画家,沃尔恰尼诺夫一家是典型的上流社会人家,有良好的教养。别洛库洛夫感叹自己已与上流社会完全隔绝,并解释道:"这全是因为工作,工作！工作啊！"

像以前一样认为自己得到了公众的认可,有竞争力,嫉妒别人,有几分自豪。他让她别再找他。当他们试着再见面时,他对任何沉迷都感到恐惧——也就是害怕依赖任何人——正是这样的恐惧挽救了他,也意味着他不再喜欢她了。他们两个在一起能做什么呢?而那个完美的、让他心荡神摇的娜塔莎是不会让他有这些想法的。

她把一个小信封放在他手掌里。

"拿着。"

他低头瞥了一眼。

她说:"我只想和你说说话,只想要你陪着我,要是你认为我想要别的,那你就错了。你真好,尼克,你有时候出奇的礼貌。我没法把这些和你对我的所作所为联系起来。"她摸了摸他的手。"打开看啊。"

"现在吗?"

"然后我们就随便走走。"

公园的洗手间里,有个男孩站在一间小隔间里,拉下裤子,弯着腰。他父亲帮他擦屁股,系好裤带,拉好拉链,扣好扣子。尼克走到旁边的隔间,关上了门。念在旧情的分上,他会打开看一眼,再还给她。这一天对她来说是称心如意的。

他的手在颤抖。打开之前,他用手掌托着信封。一克白粉,没动过。来自天堂的颗粒。他的信用卡就在后裤袋里。

他回到她身边。

他说:"有关你的东西我只把需要的那部分写进了书里。那并关乎公正或者最终的判断。为了叙述故事,作了一些变化。小说里的人物是虚构的……为了达到某种目的,从一个语境里抽出来,然后放置于另一个语境。只用了一小部分。"

她点点头,但已经没了兴趣。

他们走过池塘、小瀑布和板球场。孩子们在伐倒的木头上玩。有的人在画素描,有的在画油画;基座上罗马皇帝的人头雕像目视着前方。尼克和娜塔莎从斑驳的阳光下走到了凉快一点的地道里。暖风变得凉飕飕的。天色渐晚,云变成了猩红色。父母正在呼唤着孩子。

她哭了起来。

"尼克,你会带我离开这儿的,是吗?"

"要是你想的话。"

"求求你。"

她戴上太阳镜,他带着她从一家一家出来游玩的人身旁走过去,来到公园门口。

在他的车里,她擦了擦脸。

"高墙后那些受人尊敬的白人的声音。他们富有,干净整洁,充满希望。空旷的环境让我感到恐惧。过去的一切让我后悔,让我难受。"

她在发抖。他忘了以前她吵吵闹闹的,常让他受不了。他开始变得不耐烦。他想在萝莉之前到家。他得准备晚饭。朋友要带着他们刚出生的孩子来做客。

她问:"我们不是要去喝一杯吗?是这条路吗?我们现在在哪儿?"

"你看。"他说。

他的车从一排气派的、带柱子和台阶的拉毛粉饰墙①房子旁驶过去,车道上停着一辆辆大型家用轿车。小路对面是一片绿地,网球场和孩子们玩耍的操场四周长着大树。每周上学的那几天,孩子们都会身着整洁的校服,被父母送过来,或从这儿接回家;下午,菲佣和来自东欧的保姆们会带着孩子坐在操场上。他现在就住这儿,虽然他不能承认。

"我们打算搬到这儿来,"他说,"你觉得怎样?"

"没必要问我,"她说,"一切都很传统。你要么遵守社会规范,要么违反。我是违反社会规范的——和那些古怪的、无望的、受伤害的、被破坏的待在一起。这是我唯一能待的地方。"

"为什么要将习惯变成原则呢?"

"我不知道。尼克,带我去老地方看看吧。还有时间,对吧?你烦我了吗?"

"还没呢。"

"我太高兴了。"

他开车去了他们以前常去的一个酒吧,里面只有几间小包间,天花板、长椅和大圆桌都变黑了。他点了牡蛎和健力士②。

他坐下来后,有些不好意思地问:"还有那东西吗?"

"你得先亲亲我。"她说。

"别这样。"他说。

---

① 涂于外层墙的持久性粉刷层,通常由水泥、沙子和石灰组成。
② Guinness,英国产的一种强性黑啤酒。

"不给。"她边说边把脸凑过去。"不能白给!"

他把脸凑到她温暖的唇上。

她递给他那个信封。"给我留点,不然杀了你。"

"别担心。"他说。

"我真会那么做的,"她说,"因为我知道是什么救了你——贪婪。"她看着他。"去我那儿吧?别看表了。就待一会儿,去不?"

在公寓里可以看出她还没变疯。家具没有磨损,也不脏。房间里还有花,价格不菲的大沙发的扶手上放着一本营养学的书。唱片不再放在地板上了。她现在听CD,按字母顺序整齐地放在唱片架上。和以往一样,桌上放着音乐报纸和杂志。她走过去播放一张CD。他希望播放出来的曲子从没听过。

他走进卧室。里面像以前一样暗,但他知道开关在哪儿。他看着墙上熟悉的印度挂件,坐到垫子上,脱掉鞋,把衣服扔到未上漆的空地板上,地板上铺着破地毯。他记得这张床的味道,还能拿到已经开瓶的葡萄酒和烟灰缸。他大口大口地喝了一些酸红酒,然后伸手去拿枕头。

她几乎扑在了他身上;她知道他喜欢被这样压着,无法动弹。他闭上眼睛。当她熟练地将他绑起来时,他想起了恐惧引起的颤抖、无助,来自于幽暗之处的欢愉。他挣扎着,笑着,尖叫着。

他醒来时,发现她正坐在房间另一头的桌子上,穿着黑色真丝晨衣,四周都是报纸、油膏、罐头,还有盒子。她的手放在身前,好像一个钢琴家在寻找音调。她转过身来,笑了一下。她放置盛装的那个橱柜的门敞开着。

"把我解开。"

"等一下。也许要到明天。"

"娜塔莎——"

"你看。"她敞开晨衣,骑到他身上。她真放荡。"听着。如果你不听话,我就把你书里写的东西念出来。"

他抬起头,看到她的嘴微微噘起。最终,她松开了他。他们都心满意足,玩得很开心。他开始在床上快速地移动,好像内在的需要以及伴随而来的怒气让他渴望得到满足。等一下还得去酒馆见一个男人,一个贪婪的、精神失常的男人,然而,毫无疑问,他还算奇好,但尼克在床上那堆劣质的东西里找不到他的衣服。

因为天冷,他像往常一样在被子里穿衣服。衣服闻起来有一股霉味,好像已经穿了好几天似的。他把毛衣翻过来。

她把他拉起来,拥在怀里。他点了根烟。"娜,我要去拿那玩意儿了。"

她点了点头。"行。有钱吗?"

他拍了拍口袋。"我回来时你还在吧?"

"在。"她说。

他走出卧室,来到客厅,抖了抖身子,仿佛这样能让自己清醒。她跟着出来,问他:"怎么了?"

"我身上有印记,"他边说边拉起袖子。"天啊,你看!我的手腕。"

"有就有嘛,"她说,"身上有印记的人。会退掉的。"

"今晚退不掉了。"

她说:"我希望我怀上了。今天正是时候。"

"对我来说,那可不是什么好事。"

"对我来说还不错,"她说,"那会是个不错的纪念。一个难得的纪念品。"

他说:"你不知道你在说什么。"

"我知道。想要我告诉你吗?"

"不用了。"

"随便你。"

他说:"我已经忘记了毒品是怎样让最无聊的东西变得可以忍受。但愿你一切都好。"

他出门走到大街上。他走得很快,但不知道要去哪儿。他什么也不想;生活中确实有幸福的时刻,但并非此刻。要是毒品不起什么作用就好了。最后他想起了自己的车,于是折回去取。他开得飞快,但很小心。萝莉可能已经下班回到家中了,也可能还在回家的路上,边开车边唱歌给孩子听。他希望她平平安安。他想起妻子看见自己时脸上露出的欢乐,想起儿子听到他的声音后转身看着他的样子。要教儿子的东西还有很多。快乐来得快,去得也快,他心里这样想——你总是不记得上一支烟是什么味道。如果快乐越来越多,那并不是因为它积累在血液之中,而是因为快乐本身就是血液。

他打开家门,还是没能适应厨房的大小和亮度,也没能适应家里的宁静——这份宁静在伦敦城里很少有。冰箱好大,就像栋房子。他从里面拿出吃的,放到桌上。现在他得去超市买香槟了。

准备出门时,他顺便打开了书房的门。已经有好几天他没坐到书桌前了。他想认为自己更喜欢其他东西,认为自己并没有沉迷。他走进去,草草地写下几行字。现在还不能开始写作,晚饭后他会与妻子和儿子一起上床睡觉,等他们都睡了,他就能起来工作。

他坐到屋外的车里,仔细看了看酸痛的手腕,然后又把 T 恤的袖子拉了下来。以前,他从不会把这些遮起来。他认识的一些男人,还有很多女人,都喜欢炫耀,把自己被砍伤、带疤,或者被割破的手臂视为重要的印记。

他真希望自己离开时对娜塔莎说了些什么——那时,他回头望去,透过窗户玻璃看到娜塔莎的脸,她正目送着自己走上楼梯。"你的内心世界非常非常非常丰富。"但对她来说这也许毫无意义。

女孩

—Girl—

他俩来到维多利亚火车站,一起坐下,轻吻着对方。列车开动时,她拿出一本尼采的大部头书读了起来。她时不时转过头端详着身边的男人,感到好笑。她脱下手套,抹去男人残留在耳朵上的剃须膏、眼屎,还有嘴角的面包屑,不禁笑出声来。他的自负和不经意中流露出的天真总让她着迷。

妮可儿一直都不想去看母亲,但马吉德说服了他。他是她的情人,比她年长,她总觉得叫他"男朋友"有点俗套。他对她的一切都很好奇;可能是爱情使然吧。他说"重修旧好"对她来说是件好事;她现在坚强多了。然而,在过去的一年里,妮可儿拒绝和母亲说话,千方百计不让母亲知道自己住在哪儿,强迫自己不去回想过去的种种痛苦;她害怕这次旅行之后,那些可怕的记忆又会像幽灵一样折了回来。

难道马吉德感觉不到她有多么不安吗?他很有可能感觉得

到。从没有谁能像他那样仔细听她说话，如此在乎她，似乎要完完全全地占有她。除了她父亲之外，他是她见过的意志最坚强的人。他习惯以自己的方式做事，常常不理会她的要求。他担心她会离开自己。

他从没见过她母亲。她可能语无伦次，或者正在大发雷霆，甚至更糟。事实正是如此，有三次他们约好要见面的，可母亲最后都取消了。其中一次她听上去醉醺醺的，似乎不怀好意。她母亲现在五十岁，妮可儿可不希望马吉德认为自己再过二十五年会变得和她母亲一样。最近，他告诉妮可儿，他觉得从某种意义上说她的心理有点"黑"，妮可儿担心母亲会认为马吉德皮肤黝黑，那是另一种意义上的黑。

通勤列车一出站就穿过波光粼粼的冬季河面。它先驶过市郊，接着穿过乡村，两小时后抵达一座海边小镇。值得庆幸的是，这次旅途不算漫长。下个星期，他俩会去罗马；一月，他要带她去印度。他想带她去看看加尔各答。他再也不会一个人旅行了。只有她才能给他带来快乐。

他俩拉着手，看着窗外一所所维多利亚风格的学校和铁路拱顶下的一个个车库。窗外结冰的足球场、蔬菜地、生产木地板和浴室设施的工厂的后院，以及存放地毯的仓库、五金店，一个个从眼前掠过。窗外的视野越来越开阔，铁轨像扇面一样向四面八方延伸。马吉德说穿过伦敦市郊总能让他想起英国是个多么古老的国家，这种破旧感再明显不过了。

她把手放到他大腿上，轻轻地抚摸着他，而他看着窗外，评头论足。他穿着绸衬衫，戴着围巾，外面罩了一件雨衣，挺潇洒的。

她也特意为他打扮,购物时总想着他会喜欢什么。几天前,她把一头深色头发剪短,刚好碰到大衣的毛领。她脚穿一双齐膝的摩托长靴。她身边放着有肩带的手提包,里面装着维生素丸、杂志、唇蜜和一面镜子。就是从这面镜子里,她知道自己的眼睑因为皱缩开始出现细纹。那天早上,她拔下第一根白发,夹进一本书里。但她的脸上依然斑斑点点的,一个在脸颊上,另一个在上嘴唇上。出发前,马吉德让她用化妆品遮起来,虽然她从不用化妆品。

"万一遇到我认识的人。"马吉德说道。

他认识的人很多,但是她敢肯定他俩去的地方他一个人也不认识。可是,她还是照做了。

她强迫自己把注意力转移到书上。他俩相遇后不久,也就是十八个月前,他说:"你虽然上过大学,但是从我上大学那会儿开始,事情有了很大的变化。"确实,有些词是她所不知道的,例如"大惑不解""贬义""经验主义"。在他们现在同居的房子里有上千本书,书里的作家、作曲家、画家他都熟悉。正如他指出的那样,她没听说过高更①。有时候,他和朋友们聊天,她不知道他们在谈些什么。因此,她确信他之所以不介意她无知,是因为他只看重她的年轻。

毋庸置疑,他觉得与别人谈话是很快乐的。最近他俩顺路到她好朋友的母亲那儿去喝茶,当时发生了一件很耐人寻味的事。那个朋友是社会学讲师,妮可儿十三岁的时候,她们就已经认识

---

① Gauguin(1848—1903),法国后印象派画家、雕塑家、陶艺家和版画家,与塞尚、梵高合称"后印象派三杰"。

了,她很可能认为妮可儿没有得到家庭温暖。妮可儿认为她沉着冷静,阅历丰富,最重要的是知识渊博。五年前,妮可儿母亲的某个男友揍了她弟弟一顿,这个女人收留了妮可儿几星期。妮可儿呆呆地坐在她的公寓里,四周的墙上摆满了书,挂满了画。时而传来抚慰人心的音乐,除此之外,房间里的一切对她来说都很浮华,与生活毫不相干。

她和马吉德一直待到半夜,终于设法把他的手和那女人的手分开。然后,她不得不想办法让他离开,或者至少让他不要再喝威士忌了。同时,那个女人正在倾诉自己的伤心事,告诉马吉德70年代的时候她曾见他作示威游行演说。她惊叹只有优秀的女性才配得上他这样的男人!只有在她起身去拿自己写的诗句要读给他听时,妮可儿才有机会捋他的头发,转移他的注意力。

妮可儿好友的母亲一直向往能和别人这样交谈,而他满足了她这一愿望,马吉德因此走进了她的内心,把她弄到了手。妮可儿觉得自己是个局外人。这一点他却没觉察到。妮可儿把他推出了公寓,她不由想起了自己十四岁那年把母亲从邻居家带出来,拖着母亲穿过马路。当时整条马路上的人都在看热闹。

不管什么时候她提起这件事,他都会哈哈大笑,但是她却无法释怀。要紧的不是学识。马吉德年轻时大多数时间都在读书。最近,他却想知道出于自我克制没去冒哪些险。他声称,书会阻碍人与人之间重要的精神交流。但是,她从不知道独处的好处,所以只要没人与她在一起,就会坐立不安,既看不进书,也写不出什么东西。他俩相互妥协:她读书的时候,他得躺在她身边,看着她的眼睛,每当她翻过去一页,他都要叹气。

不;他真正苦恼的是她无法用语言表达自己的感情,老是希望他洞察她的心思。

过去的经历让她学会了沉默。她的童年是在一群粗人中间度过的,虽然在马吉德听来,他们就像卡通人物一样有趣,但他们的确很恐怖。他们要是从你的声音里听出什么异样来,就会怀疑你有野心,随之就会产生抛弃他们的欲望。就因为这样,他们妒忌你,嘲弄你,憎恨你;伦敦在他们眼中是"做作的",那儿的人们也表里不一。想到这,她意识到过去大部分时间里,她每天都经受着生理和心理的双重恐惧。即使是现在,除了和马吉德躺在床上以外,她一刻也无法放松,害怕假如自己不够警觉,就会被送上回家的火车。

她翻了几页,抱着他的胳膊,依偎在他怀里。他们靠在一起,爱着彼此。但总有些奇怪的恐惧。每当他俩争吵的时候,马吉德总是提醒她,他为了她而放弃了房子、妻子和孩子。那天上午,他去看望孩子,了解一下孩子们的学习情况,她等着他回来,心急如焚;她认为他正在和妻子睡在一起,会与妻子重归于好。如此狂热地爱一个人真会让人精神错乱。不管你爱的人给你多少爱,你都觉得不够。不乞求你爱的人给你什么,这容易得多。有一次,其中一个孩子不舒服,他就在前妻的房子里过了夜。他解释说他想做个好父亲,突然接着说她没有他那种经历。

她以前穿着白裙子出去,夜不归宿。她曾经热衷于参加各种俱乐部、派对,整夜待在外面,然后随便找个地方过夜。她认识很多人,但是向马吉德介绍他们却是件很尴尬的事,因为他与他们没什么好说的。"年轻人不再有趣了。"他一语概括。

他坚持认为是她离他们越来越远。她曾经认为他们拥有自由的灵魂，现在这些人却躺在自己的窝里，因为吸食毒品而毫无力气，动弹不得。她的这些朋友缺乏想象力、意志力和热情，她同样也难以告诉他们自己现在的生活，害怕他们会讨厌她。马吉德曾做过一家激进报纸的编辑，有点势利。她离家出走后，他都会指责她，说她简直把他当成父母亲，或者合租公寓的人，怪她不明白她不在身边的话他就睡不安稳，还从没有别的女人能够让他这样。但是，他曾经和别的女人同床共枕，她不是也等了他两年吗？那时候呢？有一次，他和家人一起去度假，直到前一天才通知她。一想起这些，现在就算他向她求婚，她也会痛苦不堪，恨不得一头往墙上撞去。他的孩子还小，长得漂亮，但公园里的人都以为孩子是她的。两个孩子长得像母亲，这一点把他和前妻永远联系在一起了。妮可儿说过她不想让他们到自己的房子里来。她曾想过要惩罚他，把一切通通毁掉。

她该离开他吗？坠入爱河太容易了；只要有一方愿意放低姿态就行，但要彻底了解一个人，与之相守到老，就难多了，还真不容易。她不禁思绪万千，一股恐惧涌上心头。要是她母亲通情达理，好说话点，那该多好啊。她倒是经常和她最好朋友的母亲谈论这些话题，但现在不好意思回去找她了。

她觉察到列车正在减速。

"就是这儿吗？"

"恐怕是。"

"我们不能一直坐到海边吗？"

她把书放回原处，戴上了手套。

"马吉德,改天吧。"

"是,是,时间多的是。"

他挽起她的胳膊。

出了火车站便是郊区,那儿有地下通道,嵌着玻璃的写字楼街区,行色匆匆、密密麻麻的人群,在原地不动的流浪汉,穿得单薄的吸毒年轻人。马吉德说"糟糕的美国"就是这样的。

他俩排队等公交车,等了二十分钟。她不让他叫出租车。不知怎的,她觉得那样的话就有些居高临下。不管怎样,她就是不想太快到那儿。

那是一辆很宽的双层公交车,他俩坐在上层的前排。公交车载着他俩远离市郊的中心,驶过蜿蜒的小路,穿过田野。笨重的、蜗牛般爬行的公交车竟然爬上了小山,他感到惊讶。这儿既不是城市,也不是乡村;除了草地、拱廊式建筑风格的日用品商店、教堂和郊区住房以外,什么也没有。她指给他看自己以前就读过的学校,为了微薄的薪水而工作过的商店,还有她与男朋友约会的各个公园。

这个地方同样让他感到害怕。他父亲曾是位印度政治家。父母离婚后,他母亲在八英里以外的地方把他抚养成人。他们很喜欢谈论说他读大学的时候她才刚出生呢;她刚蹒跚学步的时候,他正和第一任妻子生活在一起;他走在大街上路过妮可儿身边时,也许还拍过她的头。他俩都幻想着他一直在等她长大。

下车时,外面很冷。风从空旷的地方吹过来。天似乎已经开始暗了下来。他们走了很远,比他预想的要远。他们跨过一片片泥泞地。他抱怨说她该告诉他穿另一种鞋。

他提议给她母亲带点什么。他非常有礼貌。就是突然在床上动一下,他也会说声抱歉。他俩走进一家灯火通明的超市买鲜花,可那儿没有。他又问有没有正山小种①袋装茶,但是还没等营业员回答,妮可儿就把他拉了出来。

栅栏上刷着纳粹标志,这地方阴沉沉的,但并不让人觉得可怕。她母亲的房子建在长满草的河岸上,在一群建于六十年代风格的建筑之间,那儿可以看到公园。他们朝房子走过去,妮可儿拖着脚,慢吞吞地往前挪。最后她停了停,解开外套。

"搂着我。"他感觉到她在颤抖。她说:"要是不说你爱我,我可没法走进去。"

"我爱你,"他抱着她说道,"嫁给我吧。"

她亲吻着他的前额、眼睛和嘴唇。"从没有谁像你这样体贴我。"

他又说道:"嫁给我吧。说你愿意,说呀。"

"噢,我不知道。"她回答道。

她穿过花园,轻轻敲了敲窗子。她母亲马上就来到了门口。门厅很窄。母亲吻了吻女儿,又亲了亲马吉德的脸颊。

"见到你真高兴。"她说道,有些腼腆。她似乎并没有喝酒。她打量了马吉德一番,说:"想看一下房子吗?"她似乎期待他那么做。

"那太好了。"他说道。

楼下的房间都方方正正的,刷成了白色,空荡荡的。天花板不

---

① 中国产上等红茶,有明显的烟熏香味。

高,地毯很厚实,绿色的。电视机前放着一组三件套的棕色家具——每件家具都像一艘小船。

妮可儿急于把马吉德带到楼上。她领着他穿过一个个房间,这些房间就是她所说的故事发生的地点。他尽力去想象那些场景。但是那些曾经住过货车司机、搬运工、邮递员、工人的房间现在空空如也。壁纸被凿了很多洞,已经退了色,窗帘有十年没洗了,窗子也没擦洗;破旧的床垫靠在墙上。门厅的地板上没有铺地毯,磨得光秃秃的,有些地方钉子都冒出来了。她觉得回荡在她记忆中的一切在他看来是肮脏不堪的。

她母亲给他俩倒果汁的时候,手一直在颤抖,果汁溅到了桌上。

"这儿很安静,"他对妮可儿的母亲说道,"您每天都怎么过?"

她被问糊涂了,但还是想了一下。

"我真的不知道,"她说道,"一般的人都做什么呢?我过去给男人们做饭,整天围着他们转,但那样的生活我已经厌倦了。"

妮可儿站起来,走出房间。谁也没说话。她母亲注视着他。他觉察到她皮肤上似乎有紫色的伤痕。

她说道:"你喜欢她吗?"

他喜欢这个问题。

"非常喜欢,"他说道,"那您呢?"

她低下头,说道:"你会照顾她吗?"

"会的。我保证。"

她点点头。"我想知道的就这些。我给你们做饭去。"

她做饭的时候,妮可儿和马吉德在客厅里等着。他说她像他一样似乎只坐家具的边上。她有意往后靠。他开始四下踱步,有一肚子话要说。

他说她母亲聪明优雅,妮可儿正是从她那儿遗传了优雅的气质。这地方算不上肮脏,却很冷清。

"肮脏?冷清?别这么大声!你在说什么呢?"

"你说过你母亲自私。她总认为自己,特别是她的男性朋友比孩子们更要紧。"

"我确实说过——"

"哦,我一直以为她是一个只爱自己的女人。但我来没见过比这更冷冰冰的房子。"他指了指房间。"没有纪念物件,没有家庭合影,一张照片也没有。任何带有个人痕迹的东西都见不到。这儿没一件东西是她自己做的或挑的,来表达——"

"你只做自己感兴趣的事,"妮可儿说道,"你工作,参加董事会,吃饭,旅游,与人交谈。你不停地对我说'只做给你带来快乐的事'。"

"我出生在六十年代,"他说道,"那是个浪漫的年代。"

"马吉德,大多数人都过不上这么奢华的生活。他们从没体验过。你的六十年代是个天大的神话。"

"让我不安的不是物质匮乏,而是想象力匮乏。这让我想起文化意味着什么——"

"意味着炫耀和势利——"

"不,也不是装点门面,而是人类不可或缺的一种表达。文化向人们表明:'这儿有欢乐、欲望和生命力!这是人类的创造!'"

他曾说过,文学,事实上所有的文化,即使不表达对事物的热爱,也是对生活的赞美。

"在这儿,"他接着说,"让我惊讶的倒不是人们的贪婪和自私,而是对生活的索求如此之少。他们千方百计地克制自身的欲望,索取很少。"

"你也许感到惊讶,"她说道,"因为你认识那些以自我为中心,只做自己喜欢做的事的成功人士。但是大多数人大多数时候什么也不做,只想就这样过一天。"

"是吗?"他想了想,说他每天都充满激情地醒来,有很多计划。他想从这个世界,从别人那儿得到很多东西。他接着说:"还有从你那儿。"

尽管他和第二任妻子在"文化上"有很多共同之处,但他们六年的婚姻生活毫无生气,他领教了什么是枯燥乏味。现在他拥有这份爱情。他之所以觉得这是爱情,是因为与以前无望的生活不同。这份爱情让他看到未来会怎样。

她吻了他。"亲爱的,亲爱的。"她说道。

她指给他看先前提起过的那扇闩着的门。她想下楼,但她母亲在叫他俩。

他俩在厨房里坐下来,那儿摆着两个座位。妮可儿和她母亲看到他在看那些吃的。

"给印度人做印度食物,似乎有点好笑,"她母亲说,"我不知道你爱吃什么。"

"没关系。"他说道。

她接着说:"我原以为你更像印度人。"

他摇摇头。"我尽可能让自己像。"接着是一阵沉默。他对她说:"昨天我生日。"

"真的吗?"她母亲说道。

她和女儿看了看对方,笑了起来。

他和妮可儿吃饭的时候,她母亲坐在一旁抽烟,她很瘦。有时候她似乎在打量着他俩,有时候仿佛陷入幻想之中。她脾气很好,似乎准备坐上一整天。他不禁想找出她内心的怒气,但发现她更加顺从,这让他想起了自己的某些情绪:既没有希望,也没有欲望,郁郁寡欢,紧张焦虑,脑子里一片混乱,所有的好奇心被扼杀了。

过了一会儿,她问妮可儿:"你现在怎样?工作怎样?"

"工作?我辞职了。我没告诉你吗?"

"做电视节目的工作吗?"

"是的。"

"为什么呢?那工作很好啊!"

妮可儿说道:"那工作累极了,没什么收获。我现在有能力做想做的事,而不是应该做的事。"

"这是什么意思?"她母亲说道,"你整天躺在床上吗?"

"我们只是有时候会那么做。"马吉德轻声说。

她母亲说道:"我不敢相信你放弃了这样一份工作!我连在商店打工的机会都没有。他们说我经验不够。我说,卖面包圈还需要什么经验?"

妮可儿小声说着自己准备要做的事——画画,跳舞,学哲学,健身。她对什么感兴趣就做什么。她想起他曾有个想法让她既困惑又不安,这时他俩的目光相遇了。他坚持认为她不该一味地要学习什么,而应该找一个老师帮助和引导她;也许那个人就是她丈夫。他让他们想起了过去,想到这儿她不禁笑了。

"那一定很好,"她母亲说,"只做你想做的事。"

"我会很开心的。"妮可儿说道。

午饭过后,妮可儿拉开客厅的黄铜门闩。他陪她走下一段黑暗的楼梯。地下室就是她和弟弟妹妹从前睡觉的地方。妮可儿戴着针织帽,围着围巾,因为她母亲只会打开前厅的暖气。这个潮湿的地下室通向一个小花园,门闩起来的时候,孩子们就不得不跑到花园里尿尿。花园后面是农田。

夜里,孩子们会听到楼上传来的叫嚷声和砸东西的声音。如果她母亲的男朋友,也就是某个取代她父亲地位的忘了闩门,妮可儿会穿上大衣和长筒橡胶雨靴爬上楼。穿上靴子是必要的,因为地板上有打翻的烟灰缸和碎玻璃。她要确信母亲没被刀割伤或是挨揍,并且劝说大家上床睡觉。一天早晨,墙上出现了几处凹痕,还有头发和血迹。那些是母亲的头被人按着往墙上撞而留下的。有好几回警察都来了。

妮可儿在翻装着旧课本、杂志和照片的箱子,马吉德在一边看着。她解开几个大袋子,找一些想带回伦敦的衣服。这得花上一段时间。他决定上楼去等她。他上楼的时候,和她母亲擦肩而过。

他走来走去,想知道妮可儿十岁时她父亲在房子里的哪个地方上吊自杀。他没敢问。前一天日子过得好好的,第二天你丈夫自杀了,撇下三个孩子,那样的日子怎么过,他心里在嘀咕。

返回的时候,他站在最后一级台阶上停了一会。她们在说话;不——是在争吵。妮可儿的母亲声音原先还是温柔克制的,现在却带点火药味。这所房子就像透明的一样。他听得见她们,就像她母亲刚才肯定也听到他说的话一样。

"要是他已经问过你了,"她说道,"而且要是他是认真的,你就该答应。你要是妒忌他的亲生孩子,就跟他生几个。这样你就可以锁住他的心。他挺有钱,脑子好使,什么样的人找不到?你知道除了性,他还看重你什么吗?"

"他说他爱我。"

"你不是骗我吧?他养你吗?"

"是的。"

"真的吗?"

"真的。"

马吉德悄悄地坐在最高的那个台阶上。妮可儿正竭力保持尊严和理智,她早上出门时就决定这么做。

妮可儿的母亲说:"你要是不工作,到头来会一无所有。就像我一样。你最好保证他不会和比你年轻漂亮的女人跑了。"

"他为什么要那么做呢?"妮可儿闷闷不乐地问。

"他已经那么做了。"

"什么时候呢?"

"你傻呀,就和你呀。"

"男人是可怕的动物。"

"对,对。"

她母亲说:"要是不开心的话,你就一直待在这儿……待上一段时间。"她犹豫了一下。"不会像以前那样了。我不会烦你的。"

"我也许会那样做。可以吗?"

"你永远都是我的小宝贝儿。"

妮可儿一定是在挪动那些箱子;她的呼吸声变得沉重起来。

"妮可儿,别把我家弄得一团糟。最后还得我自己来收拾。在找什么呢?"

"我以前有张爸爸的照片。"

"我不知道你有过。"

"有的。"不一会儿,妮可儿说,"在这儿呢。"

他想象她们站在一起凝视着那张照片。

"他那么做之前,"妮可儿的母亲说,"说过会给我们点教训的,他真的那么做了。"

她好像挺为丈夫自豪的。

妮可儿在楼上把衣服塞进包里,接着跑回去在碗橱里找了些东西;之后,她又想要其他的东西。

"这件事我一定要做。"她说道。她忙得团团转。

他意识到她可能想留下来,让他一个人回去。他穿上外套,在客厅里焦躁不安地等着。

妮可儿的母亲对他说道:"你很匆忙。"

"是的。"

"是不是有什么事非得让你赶回去?"

他点点头。"很多事。"

"你不喜欢这儿,我看得出来。"

他不置可否。

他看见妮可儿出现了,披上了围巾,他这才松了一口气。他俩吻别她的母亲,三步并两步朝原路走过去。公交车来了;接着他俩边等火车边跺脚。火车开动了,她把书拿了出来。他看着她;他想问她一些事，但她听不见他说话。

他俩在房子附近停下来买报纸和杂志。然后，他俩又去买了面包、意大利面食、鹰嘴豆泥①、酸奶、葡萄酒、水、果汁、佛罗伦萨饼干②。他俩在厨房的桌上打开这一大包吃的，桌上放着书、CD、请柬和生日卡片，桌子底下他孩子的玩具散落得满地都是。直到那时，他俩才意识到她那包衣服不见了，很可能落在火车上了。她泪水夺眶而出，然后她意识到那些衣服无关紧要；她甚至不想要了，他说她可以买更多的衣服。

他拿着报纸，坐在桌边，问她想听什么音乐，还是随便什么都可以。她摇摇头，走进去洗淋浴。然后，她赤裸着身体走来走去，接着把一块毛巾摊开，放在地板上，坐上去，一边把乳膏擦在大腿上，一边叹气，哼唱。他开始准备晚餐，一直注视着她。他最喜欢这么做了。很快他俩可以吃了。之后，他俩会把茶和葡萄酒端到床上，然后躺几个小时，仔细回忆发生过的每一件事，他俩知道醒来时依然会在一起。

---

① 鹰嘴豆捣碎后加上麻油、大蒜、欧芹等配制成的冷食，是一种开胃食品。
② 一种意式饼干，含有各种果仁和甜樱桃，饼干底部涂有一层厚厚的黑巧克力。

吮石头

—Sucking Stones—

她想要有个盼头,不管这盼头多么渺小。每天傍晚,马西娅开车从学校穿过市郊的道路,总憋着一肚子火,无精打采的;录放机里播放着有声书,儿子坐在车后座上;她希望可以收到一封出版商或是文学经纪人寄来的信。如果她是剧作家的话,她希望收到剧院的来信。她有时候,或者说经常,收到"鼓励信"。这样的信用不着花一分钱,但她却把它们当成宝贝。

她刚打开门,儿子亚历克就冲进房间,打开电视。这时,她才发现门垫上有一张相当正式的灰色卡片,黑色的手写笔迹,是著名作家奥瑞丽亚·布朗顿寄来的短笺。马西娅看了两遍。

"这太让人激动了,"她对亚历克说,"你可以看看,但别摸。"他在她任教的学校读书,她教的是七岁大的孩子。她又读了一遍。"写作小组的那些蠢猪会非常感兴趣的。我们最好去。"

三年前,马西娅在一家专门刊登新作的小杂志上发表了一部短篇小说。去年,她的一部时长一小时的剧本在当地一家艺术中心获得了彩排演出的机会。导演是一名认真、喜欢指挥别人的年轻人。他从事广告业,却热衷于戏剧。

演员们的形象和所扮演的角色相距甚远,马西娅对此挺失望的。其中一个男人甚至留了胡子。她没料到他们会如此草率地对待这出戏。演出结束后,他们去酒吧争论。写作小组的几位成员赶过来支持她。那些年轻人的表情就像在演戏,挥着手,你一言我一语,这让她挺兴奋。他们争论的可是她的作品!

导演把她拉到一边,说道:"你一定要把这个剧本寄到国家大剧院去!他们需要新作家。"

他忘了马西娅马上四十岁了。

几个月后,剧本被退了回来,她连信封都没拆。她不知如何才能坚持下去。虽然这种感觉曾经有过,但这次情况似乎不妙。她已经坚持写了十年了,从没放弃过希望。她比任何时候都迫切需要发表作品,需要发表给她带来的自豪感。

最近,她一直在床上写,有时会写上十五分钟。其他时候,她只能写五分钟。清晨,她力不从心,词句表达不够清晰。早上,儿子站在前门一边抛接网球,一边等她,她穿着大衣站在餐桌旁写,书包已经收拾好了。这是她能做到的极限了。其他时候,她非常想折磨自己。但自残不能传递什么信息,伤疤不能开口说话。

马西娅把卡片、钢笔以及很大的笔记用速写簿一起放进包里。她称它们为"心爱的工具"。

亚历克喝茶的时候,她打电话给"男朋友"桑德尔,说了说明信片的事,虽然她曾发誓不和他说起这个。他对她的热情不以为然;这样的事他弄不明白。但是她却没泄气。

他们开车去她母亲家里,十分钟的路程。那是一幢普普通通的半独立式房子。马西娅就是在那儿长大的。如今她母亲一个人住着。

她让亚历克下车,把他的小旅行包递给他。

"跑到门口,按门铃。我没时间停下来。"

马西娅把车开到那条安静的马路尽头,她小时候就在那儿骑自行车。她把车掉过头去,按着喇叭,突然加速开过去。这时,她母亲穿着拖鞋跑到前门,举起手,似乎示意要她停下来,亚历克站在她身后。

写作小组的成员正在当地一间冷飕飕的会议厅里泡茶,摆放坐椅,他们每周在那儿聚一次。其他晚上,童子军、航空青年团①和托洛茨基派使用这间会议厅。马西娅在当地的一家报纸上登广告,发起了这个小组。起初,她打算组建一个读书会,那样来的人会多一些。在最后一刻,她把"读书"改成了"写作"。二十四首诗、几个电影剧本和一部完整的长篇小说寄到了她的信箱里。不止她一个人想表达自己的想法。

他们总共十二个人,坐在硬椅子上围成一圈,把自己的作品读给大家听。过去的两年里,他们吐露心中的不快,弄得大家沉默不语,热泪盈眶;有时谈谈梦想和幻想,谈谈肥皂剧剧情;偶尔也会读一些富有激情和想象力的作品,而这些往往出自马西娅之手。

虽然马西娅经常发现自己处在负责人的位置上,但这个小组

---

① Air Cadets,由英国皇家空军赞助的英国空军军校生团体。

原本没打算选谁做负责人。她喜欢别人对她的钦佩,甚至是敌意和嫉妒,这种感觉让她觉得自己很有"文学气质"。她总是在床边放上至少一本作家的传记,她明白写作不能闭门造车。马西娅还喜欢谈论写作以及如何培养创造力,仿佛创造力神秘莫测,她总有一天会抓住的。思考语言与情感之间的联系,听见作家的名字,说他们的风流韵事和糜烂的私生活,她知道这些就是自己想做的。

她也觉得这是一种沉迷。生活并不是一天到晚做自己想做的事。但难道奥瑞丽亚·布朗顿不是这样的吗?

写作小组里的护士、会计、书店营业员和公司职员尽管都遭受失败的打击,却一直都竭尽全力。他们每一个都相信,坚信,希望自己能引起别人的兴趣和注意。他们抓紧一切可能的时间写作,比如午休时间,或者深夜。可他们的故事就如同跌进万丈深渊,并不能让读者有所感悟。这些"作家"经常犯低级错误,但是当小组里的其他成员指出来的时候,他们觉得很惊讶,很不乐意。她认为自己不会那样蠢;她不可能相信。他们中没人相信。

"我咕哝,我咕哝,我咕哝。"

马西娅戴上眼镜,打量这个站起身朗读的年轻人,他是海伊大街上一家比萨店的服务生。他曾经来马西娅家里和亚历克一起玩过。他其实挺帅的,不过有点神经兮兮。他迷恋上了马西娅。她读完一些乔治·桑①的作品之后,考虑了一会,决定让他试试。以前,要是有人请他大声朗读,他就会流泪。马西娅后悔曾经劝说他

---

① George Sand(1804—1876),法国19世纪著名女作家,浪漫主义女性文学和女性主义文学的先驱。代表作有《安蒂亚娜》《华伦蒂娜》《我的一生》等。

与写作小组的其他成员"分享"他的作品。你无法根据一个人的长相来判断他散文写得怎么样。这个男孩在写一部长篇小说,故事里的比萨店服务生想把长在肚子里的一条绦虫生出来。那条灰白色的胖绦虫在作者的直肠里没完没了地爬行,试图挣脱泥泞,到达光明的地方——上帝创造世界的速度比这快多了——马西娅低下头,又看了看奥瑞丽亚·布朗顿的卡片。

两星期前,马西娅从学校报纸上看到奥瑞丽亚·布朗顿要为她最新的一部长篇小说举行朗读会。就在当天晚上。她不假思索地把亚历克丢在母亲家里,然后开车去伦敦,她太渴望受到他的影响。她把车停在黄线上,弄到最后一张票。房间里满是人。下班刚来的人站在楼梯上。学生们盘腿坐在地上。房间里响起稀稀拉拉的掌声,等马西娅走上演讲台时,人们一下子安静下来。刚开始她感到紧张,但当意识到观众支持她时,她似乎有些恍惚,之后便滔滔不绝地说了起来。

演讲结束后,一些熟悉她作品的人满怀敬意地提了许多问题。马西娅想知道他们为什么要来。又是什么驱使她来?不单单渴望诗歌,渴望知道什么东西可以让自己坚持下去。也许看奥瑞丽亚一眼就知道她的创作天赋从何而来,马西娅心想。是眼睛、手,还是个人气质呢?天分是智慧,是热情,还是与生俱来的呢?天赋可以经由后天培养吗?马西娅看着奥瑞丽亚,百思不得其解:为什么有些人只能做一些事而做不了别的呢?

奥瑞丽亚的演讲妙趣横生。马西娅有时会想到自己的能力就像旧手电筒里快没电的电池,电量可能会彻底耗尽。

然而,奥瑞丽亚曾说过:"创造力就像性欲,生生不息。"那语气像是在炫耀,却又不容辩驳。"她接着说:"我的想法从未枯竭过。它们源源不断地从我脑子里流出来。我可以连续写好几个小时,而且第二天早上又会迫不及待地继续写。"

"那不就是有点上瘾了?"观众中有一个人这样说道。

"不,不是上瘾。是热爱。"奥瑞丽亚说。

观众们都希望自己的生活能受到艺术的影响而改变。

马西娅排队等着奥瑞丽亚在那昂贵的精装本上签名。奥瑞丽亚被宣传人员和商店的员工包围着,他们把书打开然后递给她。奥瑞丽亚戴着珠宝首饰,穿着昂贵的衣服,披着华丽的围巾,她微笑着问马西娅的名字,把"娅"写成了"垭"。

马西娅靠在桌子上,身子探过去。"我也是一个作家。"

"作家越多越好,"奥瑞丽亚回答道,"祝你好运。"

"我写了——"

马西娅想同奥瑞丽亚谈谈,但是后面的人一直往前挤,拿着钢笔和纸要签名,七嘴八舌地问问题。一个营业员把她拉到一边。

第二天,马西娅通过奥瑞丽亚的出版商,给她寄去自己小说的第一章。她附上了一封信,说她竭力想把有些东西弄明白。在过去那些年中,她一直想与作家们取得联系。很多人都没回复;其他的说自己太忙了,没空见她。现在奥瑞丽亚写信来请她喝茶。奥瑞丽亚将是她见到的第一位真正意义上的作家。马西娅能和她进行热烈而坦诚的交流。

今天当大家问马西娅有没有东西要朗读时,她摇了摇头。之后,她没和其他人一起去喝酒,而是直接离开了。

她正准备上车的时候,那个写绦虫故事的男孩从后面追过来。

"马西娅,你一句话也没说。你喜欢我刚才朗读的那一段吗?直说吧,不要紧的。"

他向后退,在等她的回答。之前组里就有人指责她看不起别人,甚至妄自尊大。的确有几次,她笑坏了,不得不溜到室外。

他说道:"你好像有什么心事。"

"是学校的事,"她说,"总是忙不完。"

"对不起。我还以为你在想虫子呢。"

"虫子?"

"就是我刚才读的那个故事。"

她说道:"我连一声咕哝也没错过。你读的,不是吗,那个长篇,读得……不错。"她拍了拍他的肩,钻进了车。"下周见,可能的话。"

她客厅的地板上堆满了玩具。她记得一个朋友说过一旦有了孩子,你的生活就会又脏又乱。房间角落里,墙因为潮湿开始碎裂,地毯上盖着一层石灰粉末。凹进墙里的书架是她丈夫随随便便钉进去的,中间已经凹陷下去,整个书架与墙脱离了。

马西娅写信告诉奥瑞丽亚,说期待着和她在约定的时间见面。

马西娅把奥瑞丽亚的卡片竖起来,靠在奥瑞丽亚的长篇小说和短篇小说集上,动手写了起来。她拜访奥瑞丽亚时要把那部长篇小说带过去,多带几章。奥瑞丽亚的人脉很广,或许能帮她出版这部小说。

第二天一早马西娅五点就起床了,在冰冷的房子里一直写到七点。那天晚上,亚历克上床后,她又写了一个小时。通常,不管什么时候想出一个好主意,她都会再想出一个充分的理由证明那个主意不好。她父亲热心鼓励她,母亲帮不上什么忙。结果,她原地踏步,毫无进步。她责问自己——为什么你不能做这个,为什么不能做得更好呢?直到最后,变成一个蜷缩着的担惊受怕的小孩。

她急着要在见奥瑞利亚之前再写点东西,这使她顾不上考虑那些。这才是她喜欢的工作方式;只有钢笔、纸张,还有泉涌的文思。

白天,即使当她冲孩子们大喊大叫或是听家长抱怨时,也经常会想到奥瑞丽亚,有时候带着怒气。奥瑞丽亚让她四点半到她家里,而这个时候马西娅还待在学校里。奥瑞丽亚住在伦敦西区,开车要两个小时才能到,为了和她见面,马西娅只好编个理由请一天假。这种事大作家们是永远不用去想的。

几天后,她和母亲站在狭小的厨房里看着外面的花园。她、她父亲和弟弟曾在花园里打过网球,中间隔着一张很小的网。这时,马西娅决定把这个好消息告诉母亲。

"奥瑞丽亚·布朗顿给我写信了。你知道,就是那个作家。你听说过她,对不对?"

"听说过。"她母亲说道。

母亲个头不高,但身形臃肿。她穿了两件针织套头毛衣和一件厚实的开襟羊毛衫,这让她看上去更臃肿。

母亲说道:"我听说过很多作家。她想让你干什么?"

亚历克走到花园里去踢球。马西娅真希望父亲还活着,可以和他一起踢球。她们都希望家里有个男人。

"奥瑞丽亚喜欢我的作品。"马西娅觉得自己有权对那个作家直呼其名;她们会成为好朋友的。"她想谈谈我的作品。这很棒,不是吗？她对我在做的事感兴趣。"

她母亲说道:"你最好借我一本她写的书看看,这样我才能明白你说的。"

"现在我正在重新看她所有的书。"

"不会在白天吧。你还要上课呢。"

"我就是在学校看的。"

"你从来不让我参与。我被晾在一边。我剩下的年头不多了——"

马西娅打断了她。"接下来的几个星期,我要写点东西。"

这就意味着她母亲不得不在晚上照看亚历克,周末有时候也要。他父亲每周六下午来接他,星期天把他送回来。

马西娅说道:"孩子星期天能和你待在一起吗?"她母亲的表情似乎在说马西娅占了她的便宜。"拜托。"

以前她要照顾丈夫和两个孩子的时候也是这种表情,而且这种表情显而易见,因为她觉得家庭生活让人窒息,毫无乐趣可言。心情抑郁的人能让方圆几英里内死气沉沉,不达目的誓不罢休。

"我有个小约会,但我会取消它的。"母亲说。

"要是不太麻烦的话。"

六年前马西娅的父亲去世以后,母亲就开始参观博物馆和画廊。晚上,吃过熏三文鱼和奶油干酪后,她经常上剧院和电影院。她年轻时没有朋友,这是她头一回结交朋友。她和这些朋友一起去听讲座,听音乐会,然后坐出租车回家,花的都是马西娅父亲的退休金。她甚至开始吸烟了。母亲认为她不该自暴自弃。

马西娅不想等上三十年。

最近,她对生活有了异常清醒的认识。也许是从她开始通过婚介所约见男人时开始的,这些让她感到——这么说吧,病态。直到最近,她都一直认为有药可以医治她的伤口。这个人,也许是父母,也许是情人或捐助者,会把她从混乱的生活中拉出来。

马西娅快三十岁时才成为教师。那时候,她和丈夫已经开始想猛击对方的脸。她曾经真的一脚把他踢下床;他穿着睡衣和拖鞋跑到大街上。她一个人抚养孩子,办了抵押贷款,她在酒吧上班,收入少得可怜。她早上写些东西。她第一天去教师培训学院就感觉糟透了。她一直相信自己会像奥瑞丽亚·布朗顿那样披着围巾,用纯金钢笔写作。

马西娅搜集了讲述女人通过奋斗最后获得认可,成为艺术家的故事。她相信只要坚持不懈,全身心投入,就一定能成功。如果不当作家,她将怎样生活,她的价值又是什么呢?成为一个真正意义上的作家时,她就不会掩藏自己的内心世界;人们会了解真实的她。成为一名艺术家,过着与众不同的、自主的生活,让想象力为你引路,这才是为自己生活,才是有用的。创造力是由理性和想象力融合而成的,是生活最大的成就。

经过书店时,她总能看到几十本色彩俗艳的厚书。她知道这些作家很蹩脚,通常年纪很轻,想借此大赚一笔。她不像他们能走进商店,买自己想买的家具、衣服和唱片,这似乎很悲哀,很不公平。

"你不喜欢我干涉你,"母亲说,"但你不会想在生命走到尽头时才意识到你一直在浪费时间吧。"

"你是说像父亲那样?"

"整个晚上在纸片上乱写乱画。"

"怎么能说表达自己的感情是浪费时间呢?"

八岁时看过玛戈特·芳廷①的舞蹈之后,马西娅就想成为一名舞蹈演员;或者至少她母亲是这么希望她的。马西娅进了一所学费昂贵的寄宿制芭蕾舞学校。同时,她母亲从没有正式的工作,仅仅在当地一家工厂里当包装女工,为她挣学费。十六岁的时候,马西娅离开学校,想做个舞蹈演员,但是她除了没别人出色之外,还缺乏必要的虚荣和抱负,一上台表演就害怕得不行。如今,母亲保留了马西娅的三双舞鞋,放在壁炉架上,提醒马西娅当年如何辜负了她的一片苦心。

"亚历克总在这儿,"母亲说道,"倒不是我不需要他陪。但是如果那个女作家能够给你提供一些……工作上的建议,那也不错。我想她一定认识杂志界的人。"

"你又在说那些报刊吗?"

母亲经常建议马西娅当一名记者,为《卫报》的妇女专栏撰写有关工作压力或者虐待儿童的文章。

马西娅走到前厅。母亲跟了过来,说道:"你会赚到钱的。待在家里写作。要是你所做的可以赚到钱,应该不是什么坏事吧。"

马西娅一直悄悄地给《卫报》《邮报》《时尚》以及其他妇女杂志投稿。都被退了回来。她是位艺术家,不是记者。要是母亲明白这是两个不同的职业那该多好。

---

① Margot Fonteyn(1919—1991),英国著名女芭蕾舞演员。

马西娅在房间里踱着步。壁纸上有条形花纹,颜色鲜艳,房间里只有一盏吊灯。她弟弟过去常说这就像住在布里吉特·莱利①的油画里一样。母亲把电视杂志和巧克力放在宽大的扶手椅前面的坐垫上。扶手椅就像马西娅的母亲一样,很沉,搬也搬不动。马西娅不想坐下来,但不能说走就走,因为她有事要找母亲帮忙。

马西娅说道:"我只希望你帮我腾出点时间给我自己。"

"那我呢?"母亲说道,"我今天一口茶都没喝。难道我就不需要时间吗?"

"你?"马西娅说道,"你觉得自己很可怜,可我很羡慕你。"母亲的脸红了。马西娅不知道说什么好,却说了一大通。"是的!我希望过去的二十年待在家里,有一个好男人养我,做个'家庭主妇'。想想我本来可以写出多少东西啊。早上洗刷东西,下午才有时间工作,完了还要去学校接孩子。空余时间多么可贵啊,我一分一秒都不想浪费!"

母亲陷入椅子里,一只手遮住脸。

"那最好找个男人,要是你能的话。"她说。

"你这话什么意思?"马西娅怒气冲冲地说。

"想养你的人。那个人叫什么来着?"

马西娅低声说道:"桑德尔。他不是我男朋友。我只是稍微对他有点兴趣而已。"

"我才不会对任何男人动心呢,"母亲说道,"那些恶心的家伙不会真的对你感兴趣的。他是干什么的?"

---

① Bridget Riley(1931—),英国画家,光效应绘画艺术最重要的支持者之一。

"你知道的。"

"你就不能找个好点的吗?"

"不,我不能,"马西娅说道,"我不能。"

她母亲非常一个人住,经常以此来炫耀。马西娅小时候,房子里住着六个人;如今,除了母亲以外,其他的人要么死了,要么离开了。母亲声称自己一个人住,想做什么就做什么,但美中不足的是,无法给予或得到别人情感上及身体上的关爱。马西娅喜欢指出这一点。

"谁想让那么多男人对自己动手动脚呢?"

"谁不想呢?"马西娅说道。

马西娅回忆起父亲坐在沙发上,手里拿着便笺簿和钢笔。他会让母亲帮他泡杯茶。母亲不管在做什么,都会把茶端过来,放在他面前,看看他是否满意。可能只要父亲需要,她都会随叫随到。怪不得她把孤独当作人生哲学。马西娅要和奥瑞丽亚谈谈这个。

家里只剩下她、母亲、祖母三代女人,住的地方隔得不远。马西娅的祖母已经九十四岁了,也是一个人住在单间公寓里,走过去五分钟就到了。她神志清楚,很容易被逗乐;脑子还挺好使,但是因为患有关节炎,有些驼了,她总是祈求仁慈的上帝把她带走。马西娅的祖父二十年前就死了,自那时起祖母几乎足不出户。在马西娅看来,她就像困在笼子里的动物,渴望外面的世界。家里的男人都去哪了?马西娅的祖父和父亲都死了;她弟弟是个医生,去了美国;丈夫和一个邻居跑了。

马西娅走进浴室,吃了一片安定,吻了吻亚历克,然后上了自己的车。

那天夜里,她一个人在家里一边写作一边喝酒,如同沙漠中的玛莎·盖尔霍恩①一样,孤独凄凉却又挺自豪的,她喜欢这么想。她打电话给桑德尔,说起母亲的冷漠和轻蔑,还有自己正在全力以赴进行的工作。

"我的这部长篇小说真的有了很大的进展!"她说道,"我从没读过这样的作品。它太真实了。我相信谁都会喜欢的!"

她滔滔不绝,最后自己都觉得有些没完没了。马西娅有钱的时候会去看心理医生,医生的话比她更多。

她和桑德尔是在一家酒馆遇见的。遇到他之前,她和一个男的待在一起。那个男的是她从婚介所办公室里一个黑色文件夹里随手挑来的,后来找个借口与她分手了。她有什么不对吗?那个男的只到她胸口那么高!写作小组里的一个女的每个星期和不同的男人约会。她说,让人感到奇怪的是,他们中许多都已经结婚了。桑德尔没有。

她自言自语了一通之后,问桑德尔在干什么。

"老样子。"他说道,然后笑了。

"我过去见你。"她说道。

"好啊,我一直都在这儿呢。"他回答道。

"是,你是在那儿。"她说道。

---

① Martha Gellhorn(1908—1998),美国记者及小说家,海明威的第三任妻子,被誉为20世纪最伟大的战地记者之一。在六十余年的记者生涯中,她报道过西班牙内战、第二次世界大战、越南战争等世界主要战争。她大量的战争报道被收录在《战争的面孔》一书中。此外,她的文学创作包括长篇小说《战场》、中篇小说集《非洲的天气》、游记《我与另一个人的旅行》等。"玛莎·盖尔霍恩新闻奖"就是以她的名字命名的,以纪念她对新闻事业的贡献。

他又笑了。

她与这个五十岁的保加利亚人一个月见一次。他是切尔西区一个不大的高级公寓楼的看门人,住在厄尔斯考特地区。这份工作是他在欧洲大陆漂泊了十五年之后找到的,他对此挺满意。他穿着黑色西装,站在入口处的桌子旁,和走进去的人们热情地交谈几句,拿拿包裹,收收鲜花,给房客们跑跑腿儿,重读自己最爱的帕斯卡、尼采和黑格尔的书。

她通过中介机构见过的男人中没一个对文学感兴趣,没有一个让人心动。桑德尔的脸看起来像一个对自己的信仰没有把握的牧师;他曾是一名奥运自行车手,体格健壮。他聪明,举止得体,会说好几种语言,很有魅力。"在状态"的时候,用他的话来说,他能毫不费力地让女人如痴如醉。他同一千多个女人上过床,但从没和她们中的任何一个保持长久关系。一个家庭不在附近,没有前妻,没有孩子,没有律师,没有债务,没有房子的男人是什么样的?她能察觉出别人的忧郁,她惊叹自己的这种能力。他心如死灰,马西娅会用熔焊般的爱为他的心解冻。但她有足够的感染力吗?要是她能找到更好的方法就好了。

"回头见,桑德尔。"她说道。

她大口喝着放在床边的一瓶葡萄酒。她总算睡着了,但很快又醒了。醒来后,怒火不由在心头燃烧。丈夫、母亲、桑德尔,还有奥瑞丽亚。她能看懂那些满是扭曲变形的妖魔鬼怪的画。它们就存在于她的脑海里。为什么画里没有一丝温馨?

她提前一小时来到奥瑞丽亚住的地方,留心观察了一下它的位置,然后停好车,在附近走走。这是一个阳光灿烂的冬日。她对伦敦的这一区域不熟悉。大街上满是古玩店、有机食品杂货店,还有一家咖啡馆,窗边坐着年轻男人和他们的孩子。人们戴着墨镜,穿着深色的衣服散步,在人行道上凑在一起,海阔天空地闲聊。她认出几个演员和一个电影导演。她透过房产中介的玻璃往里看;买一栋居民房要花一百万英镑。

她买了苹果、维生素丸和咖啡。就像之前急忙闪躲才没撞上商店的一面镜子一样,她在阿尼亚斯贝①专卖店选了一条围巾,把目光从价格标签上面移开,用信用卡结了账。

约好的时间到了,马西娅按响奥瑞丽亚的门铃,等着。一个年轻女人走到门前。她邀请马西娅进屋。奥瑞丽亚的钢琴课马上就要结束了。

在可以俯瞰花园的厨房里,两个年轻女人正在做饭;餐厅里放着一张擦得发亮的长桌,上面摆着银器和厚厚的餐巾。奥瑞利亚的图书室里收藏着她被译成几十种外文出版的长篇小说、短篇小说和散文,马西娅认真地看着它们。这些书记录着她的写作生涯。

门口传来一声声响,一个男人走了进来。那是奥瑞丽亚的丈夫,他自我介绍了一下。

"我叫马西娅。"她尽量让声音听上去像中产阶级。

"实在抱歉,"那男人说道,"我的办公室在马路那一头。我必须赶过去。"

---

① Agnes B.,法国简约派宗师 Agnes b.创建的同名时尚品牌。

"您是作家吗?"

"我出版了几本书。但我的职业是与人谈话。我从事精神分析。"

他像只青蛙,个子不高,眼神十分机警。她想知道他能不能看出她心里的秘密。他是精神分析专家,没人会去揣测他的内心,她心里这样想。她不知道他是否知道她的想法。

"您的围巾漂亮极了。"他说道。

"谢谢。"

"再见。"他说。

她等着,一边快速地看了看带来给奥瑞丽亚的长篇小说,是她自己写的。在这样的氛围中,她觉得自己的小说拿不出手。

她瞥见奥瑞丽亚站在厅里。

"我马上就来。"奥瑞丽亚说道。

奥瑞丽亚送走钢琴教师,开门收下鲜花,用意大利语和某人通了个电话,到餐厅看了看,和厨师说了几句,与助理说她不再接听电话,然后在马西娅对面坐下来。

她倒了杯茶,打量了马西娅似乎好一会儿。

"你寄给我的那些我挺喜欢的,"奥瑞丽亚说,"那所学校。它开启了一扇通向未知世界的窗户。"

"我又写了一点,"马西娅说道,"这就是。"

她把长篇小说里的三章放在桌上。奥瑞丽亚拿起来,又放下了。

"我希望能像你一样写作。"她叹气道。

"啊?"马西娅说道,"请问您是说真的吗?"

"我坚持只写长篇,但是其实不能写那么长。"

"为什么不能呢?"马西娅问。奥瑞丽亚看着她,觉得用不着告诉她她也应该知道的。马西娅说:"问题是,我没时间去,呃……写得长一些。"她开始惊慌了。"您是怎么静下心来写作的?"

"你见过我丈夫马蒂了吧,"她说道,"我们早饭吃得早。他去办公室。他七点离开家,然后我就动笔。我实在没别的法子。有时候,我就在这儿写作,或者去我们在费拉拉的房子里。对作家来说,除了写作几乎就没什么别的事了。"

"有时候想象力很丰富,但就是写不出来,您不会遇到这种情况吗?"马西娅说道,"您给自己规定了什么铁律吗?您难道不会找些可笑的借口吗?"

"写作对我来说就好比毒品。很容易上手。我的一部新长篇正在创作之中。没什么比看到所做的开了个好头更开心的了,"奥瑞丽亚接着说,"我希望能把任何东西都变成故事。一声低语、一点暗示、一个手势……变成另一种生命形式。还有什么能更让人心满意足呢?能问一下你的年龄吗?"

"三十七。"

奥瑞丽亚说道:"你有盼头了。"

"您是什么意思?"

"三十五岁以后,人就会有种幻灭感。四十出头是一个可爱的年龄段——人又开始幻想了。那时你会发现,该有的都有了,你会重新设定目标。"

马西娅看着一张电影海报,这部电影是根据奥瑞丽亚的一本书拍成的。

她说:"有时候生活非常不容易……不可能写作。您从没切切实实地感受到绝望吗?"

奥瑞丽亚摇了摇头,继续看着马西娅。她丈夫是个分析专家;他可能教过她不要因为眼泪而惊慌失措吧。

"就是那些该死的男人压迫着我们,"马西娅说道,"我年轻的时候,只有少数几个当代作家的作品可以让女人们看看。您就是其中一位。"

"是我们自己一直压迫着自己,"奥瑞丽亚说道,"自我轻视,自我虐待,懒惰,愚蠢。到了我们这个年纪我们该承认这一点了,不是吗?"

"但我们是,至少曾经是,受政治迫害的人。"

"胡说八道,"奥瑞丽亚柔声说道,"能谈谈在学校里的生活吗?"

"什么样的事?"

"学校的一些日常生活,你一天都怎么过的,学生们,还有其他教师。"

"其他教师?"

"是的。"

奥瑞丽亚等着。

"但是他们目光短浅。"马西娅说道。

"哪些方面呢?"

"没什么修养。只对肥皂剧感兴趣。"

奥瑞丽亚点点头。

马西娅提到自己的母亲,但奥瑞丽亚变得不耐烦起来。马西娅说自己曾建议学校把收获节①剩下的东西捐赠给亚洲社区中心的老人,有几个教师拒绝把水果给巴基斯坦人。这时,奥瑞丽亚用她的金笔作了笔记。实际上,马西娅把这件事告诉了校长,但他不屑一顾,说:"我得管理整个学校。"

马西娅看着奥瑞丽亚,似乎在问:"您为什么想知道这个?"

"非常有用,"奥瑞丽亚说道,"我想写一个在学校工作的女人。你认识很多教师吗?"

马西娅的同事都是教师,但朋友中没一个是。有一个朋友在一家建筑协会工作,另一个刚生了孩子,正待在家里。

"我一定可以和你学校里某个教师聊聊。校长怎样?"

马西娅做了个鬼脸。然后她记起曾在一份报纸上看过奥瑞丽亚的传略。"您不是有个女儿在上学吗?"

"那儿的教师都不对味。"

"为什么呢?"

"我想找点更为粗糙的东西。"

马西娅觉得十分尴尬。她说道:"您教过写作课吗?"

"教过,想去旅行的时候我就会去其他地方教教课。我讨厌那些学生。我建议他们中的很多人去接受心理治疗。很多人并不想写作,他们只想要名誉。他们应该另谋他路。"

奥瑞丽亚站了起来。她送给马西娅一本自己的最新长篇小

---

① 基督教一年一度的传统丰收节日。英国人在这一天高唱赞歌,虔诚祈祷,装点教堂,感谢上帝赐予他们粮食。人们常常把从自家果园、土地和农场上收获的食物带到教堂和学校,分发给穷人和老人,或者利用食物为当地教堂和慈善机构募集基金。

说。她一边在小说上签名,一边问马西娅学校的电话。马西娅想不出什么理由不给她。

奥瑞丽亚说:"谢谢你来看我。我会读你写的那几章的。"在门口时,她说道:"你会来参加我举办的一个派对吗?也许我们会继续聊。邀请信会寄给你的。"

马西娅站在马路对面,看着那幢灯火通明的房子以及里面的动静,直到百叶窗拉了下来。

马西娅在桑德尔的看门人桌子旁等着,直到他七点下班。他们到当初相遇的那个酒馆喝了点酒。桑德尔每晚都去那儿看有线电视播出的体育节目。他没问她为什么会突然出现,也没提奥瑞丽亚·布朗顿,尽管马西娅之前打电话说要去见她。他说自己非常喜欢伦敦,伦敦有多自由;谁也不在意你是谁,或者做什么工作。他说,如果有套房子,他会把它装修得和这家酒馆一样。他谈到自己从黑格尔的书里读到的东西,但是他讲得混乱不清,以至于她不明白他在说什么,也不明白他为什么会对那些感兴趣。他给她讲他认识的犯人的故事,说他以前还被人劫持过,被迫帮他们开车逃跑。

他问她想不想上床。他的口气相当客气,似乎在说如果她不想的话也无妨。她犹豫了一下,因为他住的那个房间所在的房子里,东西全都是五十年代的,寒冷像死亡一样笼罩着整个房间,两节取暖管丝毫不起作用。女房东像巫婆似的,半夜的时候会坐在他床尾。

"别担心,我刚给了她本《罪与罚》去读。"桑德尔笑了,跟在马西娅后面进了他的房间。书堆在床边的地板上。待洗的衣服挂在椅背上。他的全部家当全在这儿了。

她和他一起躺下,看见了那个五斗橱上的一条白色切片面包和一盒牛奶。

"你就只吃那些东西?"

"我吃面包和黄油就能吃饱。然后我会看上四五个小时的书。我没什么好烦的。"

"这不像在过日子。"

"怎么讲?"

"你又不是在坐牢。"

他惊讶地看着她,似乎压根没想到自己不是在坐牢,没必要过得这么清苦。

他吻了她,她想周末邀请他到自己家里。他人挺好的,会逗亚历克玩。但她可能会开始依赖他,然后会提出更多要求。不管是谁要他让步或作稍许改变,他都会离她而去。她或许并不想和他在一起,只是不愿意被抛弃。

之后,她起身穿衣服,看着他躺在那儿,手搭在眼睛上。她不能在这种地方过夜。

那晚,她第一次希望亚历克不在她母亲的床上。马西娅盖着他换下来还没洗的衣服睡着了。第二天早上,她没写东西。她失去了写作的欲望,那也是她生活的欲望。寄希望于奥瑞丽亚太不现实了。见过她之后,马西娅感觉自己被抢走了什么似的。她变得一无所有,而奥瑞丽亚却收获满满。她要从哪儿找到继续写下去的资源和意义呢?

奥瑞丽亚叫她带个人去参加派对;一个教师,就像奥瑞丽亚说的,一个"纯粹的"教师,而不是一个假装是作家的教师。也许马西娅应该谢绝她,但是她想向奥瑞丽亚敞开大门,看看接下去会发生什么。奥瑞丽亚也许会读马西娅小说的那三章而激动不已。不管怎样,马西娅都想去参加那场派对。

"布朗顿小姐怎样?"马西娅后来到母亲家里时母亲问道,"我们在电话里聊过,但是你没提到这件事。"

"不错,非常棒。"

她母亲说道:"你一脸不高兴,就像十多岁时一样。"

"我不知道说什么才好。"

"怎么了?"母亲说道,语气变得温柔了。

"你真该去看看那房子。五间卧室——至少!"

"你还上楼了?"

"我也不想。还有三间会客厅!"

"三间?他们要那种地方干什么!要是我们有的话会干什么!"

"比赛!"

"我们可以——"

"还有花,妈妈!还有用人!我还从没见过那么好的房子呢。"

"一定很好。靠大街吗?"

"有点距离。但是靠近商店。他们做什么都方便。"

"公交车呢?"母亲问。

"她才不坐公交车呢,我想。"

"那倒是,"母亲说道,"如果不是没办法,我也不会再坐了。他们的车不用停在马路上吧?"

"嗯。有车库,似乎可以停两辆,"马西娅说道,"我们在她的图书室里聊天,我们相互认识了。她邀请我参加派对。"

"参加派对?她没邀请我吗?"

"她提都没提你,"马西娅说道,"我也没提。"

"要是我和你一起去,她不会介意的,我敢肯定。我要把最好的衣服穿上!"

"去干什么呢?"马西娅问。

"只是出去走走。结识结识一些人。他们兴许会对我感兴趣呢。"

以前,这会是个玩笑,说完后她又会变得孤僻。但现在,如果她认为能够让别人对她感兴趣,那就说明她正在恢复健康。

"我会考虑的。"马西娅说。

"我等不及了!"她母亲说,"派对!"

奥瑞丽亚从车上打来电话。信号不好,但是马西娅猜想奥瑞丽亚在"附近",想"顺路喝杯茶"。

马西娅和亚历克正在吃炸鱼条和烘豆。奥瑞丽亚一定快到了;马西娅刚收拾完桌子,亚历克把所有的玩具扔到沙发后面,奥瑞丽亚已经把车停在门外了。

在门口,她递给马西娅刚出版的一部长篇小说,上面有她的签名。她走进房间,在沙发边沿坐了下来。

"多漂亮的孩子。"她在说亚历克。"头发多好,银白色的。"

"您还好吗?"马西娅说道。

"好累啊。我一直忙着到处朗诵作品,接受采访,不仅仅在这儿,还在柏林和巴塞罗那。法国人在拍一部关于我的电影,美国人想要我拍一部关于伦敦的电影……抱歉,"她说,"我是不是让你羡慕死了?"

"当然。"

奥瑞丽亚叹了口气。今天她眼神锐利,很有激情。她不想讲话,也不想听别人说话。马西娅说一点都不想工作,她说:"我希望自己就那样了。"

她站起来,扫视了一下马西娅书架上一排排的书。

"我喜欢她。"马西娅说出一位女作家的名字,年纪和奥瑞丽亚差不多。

"她根本不会写作。但据我所知她是个相当棒的业余雕塑家。"

"是吗?"马西娅说道,"我喜欢她写的最新作品。您看了我给您的那几章了吗?"奥瑞丽亚茫然地看着她。马西娅说道:"我写的长篇小说的那几章。我放在您家里了。"

"哪儿?"

"在您桌上。"

"哦,没有,我还没看。"

"也许它们还放在那儿。"

马西娅猜想奥瑞丽亚想知道她是如何生活的。奥瑞丽亚不是在看着她,而是在透视她,看看能从马西娅的生活中汲取些什么。

如此冷酷无情,真让人佩服。

奥瑞丽亚在门口吻了吻她的双颊。

"我们派对上见。"她说。

"我期待着。"

"别忘了——带个教师过来。"

马西娅把奥瑞丽亚的小说放到书架上。奥瑞丽亚的书只是其中的一部分。这些书中有各种各样的故事,故事里有形形色色的人物和写作技巧。它们期待着有朝一日能被人阅读,被人欣赏。事实或许不会如此。

母亲拒绝让亚历克待在她家里。这是她第一次这么做。这天是派对的前一天。

"但是为什么,为什么?"马西娅对着电话喊。

"我知道你不打算带我去参加派对,尽管你懒得告诉我。我已经作了其他安排。"

"我可从没打算带你去派对。"

"你从没带我去过任何地方。"

马西娅气得浑身发抖。"妈妈,我想好好生活。我希望你帮帮我。"

"我已经帮了你一辈子了。"

"什么?你?"

"是谁把你养大的?是谁送你去上学,是谁——"

马西娅把听筒放回原处。

她打电话给朋友和写作小组的其他人,甚至那个写绦虫的男孩。谁也没空帮她照看孩子。眼看还有半小时就要出发了。只剩下她丈夫还没问过。他住在附近。他很惊讶,挖苦她。他们几乎不说话,不得已的时候也只是留张纸条,从门下塞进去。

他说他一直打算晚上要和新女友在一起。

"多甜蜜啊。"马西娅说道。

"你想要我做什么呢?"他问道。

"你们俩都过来还不行吗?"

"看来你是没辙了。一定是新交了个男朋友吧。你有没有薯片……和酒?"

"想要什么尽管拿。你以前一直这样。"

自从他离开后,这是她第一次让他进门。如果他女朋友一起来,他至少不会乱翻乱看。

他们来了,他的女朋友脱下外套,这时,马西娅注意到她怀孕了。

马西娅到楼上换衣服。她听见他们在客厅里说话,接着她听到音乐声。

她站在门口,准备离开。亚历克把自己的新棒球帽拿给他们看。

她丈夫举起一个唱片套。"你知道,这是我的。"

"我赶时间。"她说。

她坐在车里,心想自己一定是疯了,但正在做的一切都是为了生活。她认为人总是不够冒险。她身边没有一位教师能够让奥瑞丽亚感兴趣。然而,奥瑞丽亚不会让她吃闭门羹吧。马西娅为奥瑞丽亚做得够多了。奥瑞丽亚为她做过些什么呢?

给她开门的是奥瑞丽亚的丈夫,给她端来了香槟酒,奥瑞丽亚四下看看。派对在房子的一楼举行,马西娅认出了好几位作家。其他客人看上去像是评论家、大学教师、精神分析专家和出版商。

她好不容易才进了屋,这让她感到紧张。她很快喝完了两杯香槟,紧跟在奥瑞丽亚的丈夫的身边;除了奥瑞丽亚,他是她唯一认识的人了。

"你想我怎么介绍你,教师还是作家?"他问道,"或者都不是?"

"都不是,现在,"她挽起他的胳膊,"因为我既不是教师,也不是作家。"

"可以左右逢源,对吧?"他说道。

他把她介绍给好几个人,大家在一起谈话。主要的话题是皇室,她很吃惊,这些文化人居然也对那感兴趣。这和在学校里没什么两样。

她喜欢奥瑞丽亚的丈夫,他偶尔点头微笑;她喜欢自己对他有所惧怕。他了解别人,了解他们的愿望是什么。没什么会让他感到震惊。

当她在玻璃花房里踮起脚想吻他时,他有点震惊。她一直说着:"求你,求你,只有这……"这时她看到校长和奥瑞丽亚正与一个女作家在房间另一头交谈。

奥瑞丽亚的丈夫轻轻地把她推开。

"对不起。"她说。

"哪里,我很荣幸。"

"你好,马西娅,"校长说道,"我听说你帮了奥瑞丽亚很大的忙。"

她不喜欢校长看到她醉酒窘迫的样子。

"是的。"她说。

"奥瑞丽亚明天要来学校看看我们都做些什么。她要和高年级的学生谈谈，"他俯身贴在她耳边说，"她给了我一整套她写的书，上面有她的签名。"

她想说："所有的书都签了名，你这个愚蠢的贱货。"

她从房子里出来，走了走，然后又进去，从派对的这头穿到那头。有人开始走了。其他人在热烈地交谈着。谁也没注意她。

桑德尔躺在床上，一只手遮住双眼。她坐在他旁边。

"我过来告诉你我今后不会像现在这样常来了。其实我不是经常来，除了最近。但将来……会更少。"

他点点头。他注视着她。有时候他能理解她说的话。

她接着说道："原因，如果你想知道原因——"

"为什么不呢？"他说道。他坐了起来。"我给你弄点……但是，真不好意思，这儿什么也没有。"

"这儿从来就什么都没有。"

"我带你出去喝一杯。"

"我喝得够多了，"她说道，"桑德尔，这样太可恶了。在派对上，有一个词组一直在我的脑海里浮现。我来告诉你。吮石头。对，就是它。我们依靠熟悉的事物和熟悉的地方获得素材。我们以前是从那儿获得素材的。即使现在什么也没有，我们还得继续。但我们得找到新的事物，否则我们就是在吮石头。在我看来，这儿——"她指着房间——"毫无生气，一贫如洗，死气沉沉。"

她这么说的时候他顺着她的手势环顾这个房间。

"但我正在努力,"他说道,"会变好的,我知道会的。"

她吻了吻他。"再见。回头见。"

她在车里痛哭流涕。这不是他的错。改天她会回来的。

她到家时已经很晚了。她的丈夫在女友的怀里睡着了,一只手搭在她的肚子上。地板上放着一个空酒瓶和几只脏盘子;电视机的声音很响。

她拿起桌上的唱片,用指甲抓花了它,又重新放进唱片套里。她叫醒这对男女,谢谢他们,把唱片套塞进她丈夫的腋下,然后送他们出去。

她开始爬楼梯,半途停了下来,然后上了一个台阶,又走了下来。她回到客厅,穿上大衣。她走到房子后面那个水泥小露台上。周围很黑,万籁俱寂。寒气让她睡意全无。她脱下外套。她想用寒冷来惩罚自己。

暑假里,大清早的时候,她有时会在这儿跳上几段浦罗柯菲夫[①]的《罗密欧与朱丽叶》,亚历克在旁边看着她。

现在,她打开厨房的灯,用砖头围成一个正方形。她回到房子里,把文件夹整理到一起,然后拿到外面,全部打开。里面有她写的短篇小说,剧本,还有那部长篇小说的前几章,通通付之一炬。东西很多,火很大,烧了很长时间。她浑身发抖,身上还有烟灰味。她清扫了一下。她放了一盆洗澡水,躺在里面,直到水变得温凉。

亚历克躺在她的被窝里,已经睡着了。她把笔记本放在床头

---

① Prokofiev(1891—1953),苏联作曲家、画家和乐队指挥。

柜上。她随身带着它,用它来记日记。但是她想暂停写作,先至少停半年。她清楚这不是虐待自己或是自杀。也许她的写作梦一直只是着魔或入迷。她明白人们会对美好的事物入迷的。她正在心里腾出地方来。在这个重要的空间里,除了写作,她不会容纳其他让她痴迷的东西。她知道,她也许会变得和母亲一样,对惊险刺激的事情感到恐惧,一夜一夜守在电视机前吮石头。

一段时间过后,也许会有新事物出现。

尴尬的会面

—A Meeting, At Last—

摩根情人的丈夫向他伸出手。

"你好,终于见到你了,"他说,"我喜欢注视着你站在马路对面。你考虑了一番之后,终于肯见我了,我很开心。不坐下来吗?"

"我叫摩根。"摩根说。

"艾瑞克。"

摩根点点头,将车钥匙随手扔在桌上,然后坐在椅子的边上。

两个男人对视着。

艾瑞克问:"喝点酒吗?"

"等一下——也许。"

艾瑞克又叫了瓶酒。桌子上已经有两瓶了。

"不介意我喝点吧?"

"随意。"

"那我喝了。"

艾瑞克喝完一瓶后,抓着瓶颈将酒瓶放回桌上。摩根看见了艾瑞克手指上的那枚细细的结婚金戒。在摩根家,卡罗琳总是把她的婚戒放在厅里桌上的碟子里,离开时才会重新戴上。

之前打电话时,艾瑞克问:"是摩根吗?"

"是,"摩根回答说,"你是——"

那人又问,"你是卡罗琳的男朋友吗?"

"你是哪位?"摩根说,"你是谁?"

"和她一起生活的那个人,艾瑞克。她丈夫。行了吗?"

"好。我明白了。"

"那就好。明白就好。"

艾瑞克在电话里说了"请"。"请和我见一面。"

"为什么?"摩根说,"为什么要见你呢?"

"有些事我应该知道。"

艾瑞克说了家咖啡馆的名字,约了个时间。就在当天晚些时候。他会在那儿等他。

摩根给卡罗琳打了个电话。她正在开会,艾瑞克肯定知道。他在客厅里踱来踱去,想了一整天,直到最后一刻才出门,其实这时已经晚了。他钻进车,站在咖啡馆的马路对面。

卡罗琳向摩根形容过艾瑞克的父母,说过艾瑞克憋在心里的怒火,形容他情绪不好时垂头丧气的样子,一边大笑一边挠背的样子。艾瑞克就像个影子,一个飘忽不定的黑影,自从他俩相遇后就一直阻挡着他们。摩根知道艾瑞克的事。其实他不必要知道这些。至于艾瑞克对他了解多少,他并不知道。卡罗琳最近可能跟他说了些什么,他得了解一下。过去几天是摩根一生中最疯狂的日子。

女服务生给艾瑞克拿来一瓶啤酒,摩根也想给自己点一瓶,但还是改变了主意,点了水。

艾瑞克冷冷地笑着。

"怎么样,"他说,"还好吧?"

摩根知道艾瑞克上班时间很长,很晚才会回家,早晨孩子们都去学校了他才起床。看着眼前的艾瑞克,摩根努力在脑子里想象卡罗琳刚才说的那些。她早上准备去上班时,艾瑞克穿着睡衣在床上躺了一个小时,一言不发,手遮着眼睛,正聚精会神地想什么,仿佛在痛苦中煎熬,得想出个什么办法。

为了可以在办公室给摩根打电话,卡罗琳尽可能早一点去上班。

几个月后,摩根请求她别提艾瑞克,特别不要提他们做爱的事。但是和卡罗琳的见面差不多都安排在艾瑞克不在的时候,所以他们会不可避免地提到艾瑞克。

摩根问:"找我有什么事吗?"

"有些事我想知道。我有权知道。"

"是吗?"

"难道不是吗?"

摩根知道与这个男人见面没那么容易。在车里,他想先作点准备,可那就像在准备考试,而要考什么科目却无从知晓。

"好吧,"为了让他冷静下来,摩根说,"我理解你的感受。"

"毕竟,你夺走了我的生活。"

"你说什么?"

"我是说我的妻子。我的妻子。"

艾瑞克大口喝着酒。然后他拿出一个装着药丸的瓶子,摇了摇,里面是空的。

"止痛药没了,是吗?"

"对。"

艾瑞克用纸巾擦了擦脸。

他说:"我要吃这个才行。"

无疑,他很不舒服。他会很惊讶。摩根也是;当然,卡罗琳也一样。

摩根意识到,卡罗琳与他好上了不过是想让她自己振作起来。她有两个孩子,有份无聊但还算不错的工作。她最好的朋友找了个情人。卡罗琳在工作中遇到了摩根,第一眼就觉得摩根正是她要找的梦中情人。爱情和浪漫让她幸福不已。自己之前怎么就无法每天都沉浸在这样的快乐之中?她觉得除了多了一份"激情"以外,其他一切都会与以前一样。但是正如摩根喜欢说的,会有"后果"的。在床上,她总是叫他"后果先生"。

"我不会从家里搬出来,"艾瑞克说,"这是我的家。你不会想把我的房子也抢走吧?包括我的妻子。"

"你的妻子……卡罗琳。"摩根把她说成一个独立的人。"我并没有把她偷走。我不需要说服她。是她自己送上门的。"

"她送上门的?"艾瑞克问,"她要与你好?你?"

"确实如此。"

"女人都这样对你吗?"

摩根想大笑。

"是这样吗?"艾瑞克问。

"只有她一个——最近。"

艾瑞克盯着他,等他接着往下说。但摩根什么也没说,这就暗示他随时都会离开,因为他不需要从这个男人身上得到任何东西。

艾瑞克说:"你想要她吗?"

"我想是这样,没错。"

"你不肯定吗?都已经这样了,你还不肯定吗?"

"我没那么说。"

"那你到底什么意思?"

"没什么意思。"

也许他真的不肯定。他已经习惯了这样的生活。太多匆忙的电话,被误解的信,急匆匆的见面,痛苦的分别。但他们就是这样过来的。这些几乎一成不变。他每周与艾瑞克的妻子见面两次,从她那儿得到的比从其他女人那儿多得多。不上班的时候,他会和女儿一起去美术馆;理好双肩包,拿着旅行指南,行走在这个城里从未去过的地方;坐在河边,在纸上写下过去的点滴。从她身上他学到了什么?对这个世界充满敬意,能够珍视感情、某些被创造出来的东西、他人——这些确实很珍贵。她还让他尝到了无忧无虑所带来的快乐。

艾瑞克说:"我遇见卡罗琳的时候她才二十一岁。那时候她一条皱纹也没有,脸颊红润。当时她正在大学里的一场戏中饰演一个角色。"

"她是位好演员吧?很多事她都挺拿手的,不是吗?她喜欢把一切都做得很好。"

艾瑞克说:"不久我们就染上了坏习惯。"

摩根问:"什么坏习惯?"

"我们的……关系。每个人都喜欢用这个词,"艾瑞克说,"我们没有足够的才能、天赋和能力去摆脱这些坏习惯。你认识她多久了?"

"两年。"

"两年!"

摩根疑惑不解。"她都跟你说什么了?你们没说过这吗?"

艾瑞克说:"你觉得我需要多久才能消化这一切?"

摩根说:"你在干什么?"

他一直看着艾瑞克的手,担心他会抓起桌上的瓶子。但艾瑞克正在翻着从桌底拿出的公文包。

"哪一天?你肯定记得!你们有纪念日吗?"艾瑞克拿出一本红色的大本子。"这是我的日记。说不定那天我记下来了!过去的两年需要重新审视。当你发现被欺骗了,过去的每一天都是另一种滋味!"

摩根四下看了看咖啡馆里的其他人。

"别冲我嚷嚷,"他说,"我可没力气与你吵。"

"不,不。对不起。"

艾瑞克翻着那本本子。看到摩根在看他时,他合上了它。

艾瑞克低声问:"你被骗过吗?碰到过这种事吗?"

"我想有过。"摩根说。

"说得倒轻巧!那你觉得骗人没什么大不了吗?"

"有些情况下也许欺骗是不可避免的。"

艾瑞克说:"你瞎扯。"他继续说:"你的态度告诉我,你觉得那没什么大不了的。你真这么玩世不恭吗？这很重要。你看看这个世纪!"

"什么?"

"我干电视新闻这一行。我知道接下去发生什么。你的残酷行为也一样。我想起了犹太人——"

"别——"

"别人没有感情! 他们无关紧要! 你可以任意践踏他们!"

"我并没有把你害死,艾瑞克。"

"我可能会因此而死。我会死的。"

摩根点点头。"我明白。"

他想起有天晚上,卡罗琳必须要回家了,要和艾瑞克一起睡,她说:"真希望艾瑞克死了……死了……"

"平静地说吗?"

"很平静。"

艾瑞克从桌子那头把身子倾过来。"你当时觉得这样的想法狠毒吗?"

"是的。"

"因为这吗?"

"因为这。"摩根笑了。"因为一切。但这肯定让我不安。"

"真好。真好啊,"艾瑞克说,"人到中年就孤独得很。"

"一点没错。"摩根说。

"真有意思,中年比任何时候都要孤独,你说呢?"

"是的,"摩根说,"有些东西你若不拥有,就永远不会拥有了。"

艾瑞克说:"我很崇拜我哥哥,我十二三岁时,他自杀了,父亲因为悲伤过度也去世了,之后祖父也去世了。你觉得我还会想念他们吗?"

"能不想吗?"

艾瑞克喝着啤酒,一边想着。

"你说得对,我身上缺少点什么,"他说,"我希望你也缺少点什么。"

摩根说:"她听我的。我也听她的。"

艾瑞克说:"你们都很关心对方,是吗?"

"有人关心你的话你会感觉好得多。和她在一起时我从不觉得孤独。"

"好。"

"我已经决定,这次我不会把自己封闭起来了。"

"但她是我的妻子。"

接着他俩谁也没说话。

艾瑞克说,"你知道这些天别人都说什么吗?问题在于你!他们说问题在于我!你相信吗?你怎么看?"

摩根喝了很多威士忌,还抽了大麻,以前从没这样过。六十年代后期,当时他还在上大学,他没有和嬉皮士而是和清教徒似的"左派"混在一起。这些天需要停止思考的时候,他知道意识不是说停就停的。或许他想让脑子里一片空白,因为过去的几天他一直在考虑忘却卡罗琳。把他们通通忘记,卡罗琳、艾瑞克,还有孩子。他们的关系只能遮遮掩掩,他与她不能走得太近,这使得他们之间保持着恰当的距离。

摩根意识到他已经思考了好一会儿了。他转过去看着艾瑞克。艾瑞克正用指甲敲着酒瓶。

"我喜欢你的房子,"艾瑞克说,"但一个人住大了点。"

"你说我的房子?你看见了?"

"是的。"

摩根看着艾瑞克的眼睛。他似乎很兴奋。摩根有点嫉妒他了。嫉恨能使人充满能量。

艾瑞克说:"你跑步的时候穿白短裤和白袜子很帅。每次看到我都会笑。"

"除了站在我的房子外,你就不能做点更有意义的事吗?"

"除了抢走我的妻子,你就不能做点别的什么?"艾瑞克用手指着他。"摩根,也许有一天早上起床后会你发现一切都变得和前一天晚上不一样了。你拥有的一切都被弄脏了,变味了。你能想象那种情境吗?"

"好吧,"摩根说,"好吧,好吧。"

艾瑞克撞翻了酒瓶。他把纸巾铺在洒出来的啤酒上,然后再将酒瓶重重地压在上面。

他说:"你打算把我的孩子也抢走吗?"

"什么?我为什么要那么做呢?"

"现在我可以告诉你,你知道,房子都是按我的想法装修的,还有一个凉台。我不会搬出去,也不会卖了它。实话跟你说吧,"艾瑞克一脸怪笑着说——"没了老婆和孩子我会过得更好。"

"什么?"摩根说,"你说什么?"

艾瑞克扬起了眉毛。

"你知道我在说什么。"艾瑞克说。

摩根的孩子和他妻子在一起,女儿在上大学,儿子就读于一所私立学校。两个孩子成绩都不错。摩根和艾瑞克的孩子只是匆匆见过一面。摩根已经主动提出如果卡罗琳和他共同生活,他会抚养卡罗琳的孩子。他觉得自己已经作好了准备。他不想推掉这个责任。男孩弄不好就会变成,比如说,瘾君子;女孩会变成小妓女。摩根爱上了他们的妈妈,发现自己的担子也许会很重。与他有同样情感遭遇的人他认识一些。

艾瑞克说:"如果我的孩子知道你做过这些,他们会很气愤的。"

"是的,"摩根说,"能怪他们吗?"

"他们又高又壮,开销也不小。胃口也好得吓人。"

"天啊。"

艾瑞克问:"你对我的工作了解吗?"

"不像你对我这么了解。"

艾瑞克对此没有任何反应,但他说:"一想到你们两个说起我,就觉得很有趣。我敢打赌你们曾躺在一起巴不得我出车祸。"

摩根眨了眨眼。

"人人都会羡慕、尊重,"艾瑞克说,"新闻编辑室,你知道的,薪水很高。每天都会发生很多事,不断有新的故事。但很无聊,也没什么用处。现在我明白这一点了。工作很累人,他们都累得筋疲力尽,而且非常紧张。我总想去散步……去登山,你知道的,穿着靴子,背着背包。我想写本长篇小说。想去旅游,去冒险。这次倒是个难得的机会。"

摩根有些不解。卡罗琳曾对他说过,除了看新闻以外,艾瑞克对外面的世界没什么兴趣。外面的世界是什么样子,什么气味,什么滋味,对他没有一点吸引力;他对人的内心也毫无兴趣。而卡罗琳和摩根喜欢泡酒吧,两人的手一刻不停地嬉闹着。他们喜欢讨论他们都认识的人之间的关系,似乎这样可以从中提炼出幸福爱情的精髓。

摩根拿起钥匙,说:"听起来似乎不错。你会好起来的,艾瑞克。祝你好运。"

"非常感谢。"

艾瑞克没有要离开的意思。

他问:"你喜欢她哪些方面呢?"

摩根想对着他大吼一声,想当着他面捶着桌子对他说,我就喜欢她脱衣服,侧躺着,让我亲吻她双乳的样子,就像我已经将"生活"这个盘子举到面前,突然进入,到达永恒爱情的奇妙世界。

艾瑞克紧张起来。"你喜欢她什么呢?"

"什么?"

"你喜欢她!如果说不出哪一点,那就请你别打搅我们的生活!"

"好吧,艾瑞克,"摩根说,"你冷静一会儿,我说。一年多以前,她说要跟我在一起。所以我一直在等她。"他指着艾瑞克。"你跟她生活过一段时间了。够久了。现在该轮到我了。"

他站起来,朝门口走去。很简单。去外面感觉会好一些。他们没有回头看。

摩根坐在车上,叹了一口气。他发动车子,在拐弯处的红绿灯前停了下来。他想去超市。卡罗琳下班后会过来,他要做饭。他会调她最喜欢的威士忌麦克①给她喝。她很感激他这么体贴地照顾。然后他们会睡在一起。

艾瑞克打开车门,坐上去,然后关上门。摩根盯着他。后面的司机不停地按喇叭。摩根开到马路对面。

"要我捎你一段吗?"

"我还没说完呢。"艾瑞克说。

摩根一会儿看看前面的路,一会儿看看艾瑞克。现在艾瑞克在他车上,坐在他的座位上,脚放在他的橡胶垫上。

摩根低声骂着艾瑞克。

艾瑞克说:"你打算怎么办?决定了吗?"

摩根继续往前开。他看见艾瑞克从仪表盘上拿出一张纸。摩根记起那是卡罗琳给他的一张购物清单。艾瑞克把纸放了回去。

摩根把车掉了个头,然后加速。

"我们现在去她办公室,去跟她谈。你是想这样吗?你想知道的她都会告诉你,我可以肯定。否则——那就告诉我你想什么时候下车,"摩根说,"说,什么时候下车。"

艾瑞克望着前方。

摩根觉得他一直害怕幸福,所以将幸福拒之门外。他害怕别人,才不让他们靠近。现在他还是害怕,但是已经太迟了。

突然他使劲捶了一下方向盘,说道:"行。"

---

① 鸡尾酒的一种,由苏格兰威士忌和姜汁葡萄酒调配而成。

"什么?"艾瑞克问。

"我已经决定了,"摩根说,"我说行。什么都行!但是你必须下车。"他停下车。"给我出去!"

车开走了,他注视着反光镜中艾瑞克越来越小的身影。

整日午夜

─Midnight All Day─

伊恩躺在他在巴黎的房间里唯一的那把椅子上，等待玛丽娜从浴室里出来。她可能还要一会儿才出来，因为她正慢悠悠地给身上几乎每一处都抹上乳液——她说过她要抹七种不同的乳液。她非常爱惜自己。

他很高兴能有几分钟独处时间。对他来说，最近有很多重要的日子；他觉得今天这一天可能最重要，他的未来可能会因为今天而改变。

前几天，他们出去吃早饭之前，他都会先听一下舒伯特的《降B大调奏鸣曲》。这首曲子他以前是不知道的。安东尼的公寓里除了一些流行歌曲的磁带，就只有这张唱片了，他在他们搬到这儿来的第一天从那个蒲团下抽出来的。

伊恩起身去播放CD时，瞥了衣橱镜子中的自己一眼。他发现自己就像卢西恩·弗洛伊德①油画中的人物：一个体重超标而又面如死灰的中年男人，穿着薄薄的棕褐色雨衣，站在一盆枯萎的盆栽植物边，眼中流露出充满希望和急于取悦他人的可笑神色，这让他很吃惊。要不是没有幽默感的话，他一定会笑出声来的。

他把音量调高，让它盖过从附近学校传来的孩子们的声音。这些孩子让他想到了自己远在伦敦，正和祖母住在一起的女儿。伊恩的妻子，简，被送进了医院。玛丽娜还不知道这件事，伊恩得和她商量一下。她不想听到有关他妻子的事，他也不愿意谈到她。但他要是不把简的事情告诉玛丽娜，那他和玛丽娜都会活在简的阴影之下，一切都会变得灰暗。

伊恩曾经很喜爱流行音乐，把古典音乐想象成一种遥不可及的东西。然而，如今他却对舒伯特的《奏鸣曲》情有独钟，有时边听边踱步。无论听多少遍，他都记不住接下来的旋律；整首乐曲的感情基调不太明显，所以他听不出它要说什么。就因为听不懂，他才喜欢它。总算他还能够对某些事物产生兴趣，专注其中，并从中得到慰藉。有时候他早上一醒来就很想听这首曲子。

他和玛丽娜在小公寓里面住了有十天了。这是他最亲密的朋友兼合伙人安东尼的公寓。安东尼有个法国情人，也可能是他的小蜜。公寓位于卢浮宫大街②上，适宜散步，去博物馆和酒吧也方便，但在六楼。爬这狭窄弯曲的木楼梯对玛丽娜来说是越来越费劲了。否则他们不会每天只出去一次。外面天气晴朗，空气清新，

---

① Lucian Freud(1922—2011)，职业画家，受到超现实主义的影响，著名心理学家、精神分析学说创始人西格蒙德·弗洛伊德之孙。
② Rue du Louvre，建于1853年，因靠近卢浮宫而得名。

但冷得刺骨。公寓里面很冷,但靠墙的取暖器旁边,也就是屋里放扶手椅的地方又太热。

他和玛丽娜的关系怎样呢?难道他们只是梦见彼此?他不知道,至今也不知道。他只为去体验他们那愚蠢的、热烈的、自私的情爱中的每一声叹息,每一声呼喊,直到最后。只有那时他们才会知道两人能否继续走下去。

玛丽娜裸着身子,捧着肚子从浴室里出来,这时《奏鸣曲》已经放了两遍了。她坐到蒲团上准备穿衣服。过去这么多年,他对她日思夜想,渴望得到她,此刻却怎么也记不起来他们刚才是不是在说话。

"别感冒了。"他说。

"我没衣服穿了。"

怀孕后,她以前的裙子、裤子几乎都穿不下了。他离开伦敦时也就带了两条长裤和三件衬衫,有一件还经常被她穿着。一想到要从以前和简一起住过的房子里把衣服拿出来,他就觉得像在做贼,简不在时这种感觉尤为强烈。他二十年前做学生的时候都没现在这么落魄。

他说:"我们得买些衣服了。"

"我们还有多少钱?"

"有张信用卡还可以刷。至少昨晚还可以。"

"那我们怎么还这钱呢?"

"我会找到工作的。"

她哼了一声。"真的吗?"

离开伦敦前,她因为怀孕失去了一个工作机会。

他说:"说不定我可以去酒专卖店①找份工作。你笑什么?"

"你——你这么优雅,这么骄傲的一个人——去卖啤酒和薯片吗?"

他说:"我不能让你失望,这对我来说很重要。"

"我一直都在自食其力。"她说。

"现在你可不能了。"

"为什么?"

他说:"安东尼可能会借些钱给我。他今天下午要来,你没忘记吧?"

"咱们不能老是问他借钱。"

"我爱你。"伊恩说。

玛丽娜看着他。"你真好。"

前一天晚上他们步行去卢森堡花园②旁边的餐厅吃饭时,曾经讨论过巴黎人对待饮食是何等认真。餐厅的服务员可不是打工的学生,而是专业人员。食物很传统,量大分足,力求做到色佳味更美。年长点的人吃饭时胸前会围着很宽的餐巾,小孩儿们坐在椅子的软垫上。

"我十几岁时,"玛丽娜说,"就梦想来巴黎工作和生活。"

"咱们现在就生活在巴黎,"他对她说,"从某种程度上算是。"

---

① 具有卖酒执照的酒精饮料专卖店。顾客不允许在店内喝酒,只能外带。
② Jardins du Luxemberg,巴黎著名的公园,是法国皇后玛丽亚·冯·美第奇于 1615 年为纪念其丈夫亨利四世去世而建的,在大革命期间曾作为监狱,如今是参议院所在地。

她说:"我从没想过会像现在这样。生活条件会这样。"

她尖酸的话让伊恩觉得当初是他害了她;也许她正是这样想的。回去的路上,两人谁也没说话,他想在揭开一张张面具后看一看她的庐山真面目。他俩正一层一层地剥去对方的表皮,希望看到表象之下,似乎这样能看到真实的一面。可到最后,他的方方面面都是你必须要面对的。

一年前,他和玛丽娜曾以出差为借口来过一趟巴黎。其他时间,他们俩只是时不时见个面。那十天是他们在一起最长的一次。她现在还和其他几个年轻人同租一幢房子。那些女的对她怀上孩子又嫉妒又不解,而那些男的十分好奇她为何对孩子父亲的姓名守口如瓶。

离开妻子简之后,伊恩和玛丽娜在安东尼伦敦的那幢房子里住了几宿。安东尼一个人住,房子很大,墙是白色的,铺着最时兴的条形地板。房子空荡荡的,只有几张昂贵的浅色沙发,整幢房子看上去就像一个搭好的舞台,等着演员们上台表演。可伊恩觉得住在那儿影响安东尼的生活,跟安东尼说自己一定要搬走。五年前,他们合伙开了家电影公司。不过他已经快三个月没去工作了。他让安东尼停发他的工资。他喝得醉醺醺,在伦敦市区四处游荡,只跟疯子和流浪汉说话,而那些人并不认识他。如果你让自己走投无路,那就得面对现实,没别的选择。可是自杀是件困难又耗时的事,安东尼已经让他打消这个念头了。伊恩不知道自己还能不能回去工作。他不知道自己在干些什么。这也是安东尼来巴黎的原因之一:设法让伊恩说出自己的决定。

伊恩忘不了安东尼多么慷慨大方。伊恩和玛丽娜这次是应他再三邀请来巴黎旅游的。他们住在他的公寓里，吃用花销由他支付。

"去吧，看看你们两个是不是想要在一起，"安东尼说，"你们想待多久就待多久。告诉我一声就行。"

"每个人都让我放弃玛丽娜，回到简的身边。他们不停地跟我说简有多好。但我就是做不到。他们觉得我好傻……"

"那你就做个傻瓜，让其他人都见鬼去吧。"安东尼这样说。

玛丽娜在穿衣服，伊恩知道过不了多久，他们就会永远分开。他们在巴黎生活了一段时间，发现两人之间的差距太大。过去几天里她说起过想回伦敦，找个小公寓，找个工作，独自把孩子养大。现在很多女人都这样做，引以为豪。而他将是个多余的人。对她而言，要相信自己不依靠他也能活下去，这一点很重要。这一点他已经看出来了。但如果他们的爱，从某种意义上说，是危险的、欲罢不能的沉迷，那他必须说服她相信他们有希望在一起。其实，大部分时候他自己并不相信。他并不想奋起抗争，反正最后一切都会完蛋，他必须向命运低头。但是他又不太愿意向命运低头。在他看来，相信命运，就意味着认定你不能自己做主。他并不想那样。

"我饿了。"她说。

"那我们去吃东西吧。"

他扶她站起来。

她说："我老是觉得头晕。"

"你要想坐下来就告诉我，我给你拿把椅子。"

"好的。谢谢。"

他扶着她,脸贴在她的肚子上。

她说:"有你在这儿,我好高兴。"

"只要你需要我,我会一直在你身边。"

她照了照镜子。"我看起来像只企鹅。"

"那我们准备出发,穿过苔原吧。"他说道。

"别取笑我。"

"如果惹你不高兴了,我道歉。"

"那我们就不出发了。"她说道。

她胸部丰满,双颊红润,双臂、小腿和大腿都很结实。她担心以前他只爱她苗条和年轻。她感到疲倦,好像还没到三十岁就身不由己地步入人生下一阶段了。大多时候她只想躺下来。腿上,苍白的皮肤下血管清晰可见;她每晚都让伊恩给她疼痛的脚踝按摩。但她的长发依然很有光泽,皮肤紧致。她身上一点赘肉也没有,很健康。

走完楼梯,她已经气喘吁吁了,但他们都很开心,终于出门了。

他喜欢走在巴黎的大街上:大街两旁都是画廊和卖小玩意儿的店铺——这个城里的人重视感官享受。伦敦俗不可耐,人群熙来攘往,疯狂消费,再一次成为时尚之都;而巴黎很宁静,洋溢着高雅的气息。在伦敦,报摊里陈列着各种报纸杂志,里面有很多关于新的艺术家、剧作家、作曲家、演员、舞蹈演员和建筑师的介绍。这些报刊严厉批判社会,对什么都持讽刺或怀疑的态度,让人不舒服,喜欢争辩。伦敦的餐厅没有一天不营业,掌厨的都挺有名。午夜时分的索霍区①和科芬园②就跟嘉年华似的,你得在人潮里拼命往前挤。在得到心爱的人和安定生活以前,伊恩是不会对这些感兴趣的。

正走着,伊恩看到迎面走来一个穿着体面的中年男人,手拉着一个跟他女儿差不多年纪的女孩。他们有说有笑地走过来。伊恩猜那个女孩上学迟到了,父亲正送她去学校;对那个男人来说没什么比这个更重要了。和孩子亲近,对他们宽容大度,给予热情鼓励,在他们需要时给予帮助——伊恩想成为这样的父亲。他知道孩子的心声需要大人去倾听。但他现在不得不改变这些想法。时代改变了,他不能像他的父辈那一代一样。现实和理想之间是有距离的。他想象他的女儿说:"爸爸出门了,他从没有照顾过我。"他尽力做一个好父亲,但和他心目中理想的父亲形象并不一样;他失败了,虽然他并不想这样。

伊恩转过头,等玛丽娜赶上来。她像往常一样低着头,戴着一顶有个绒线球的灰色羊绒帽,穿着一条黑色长裙,外面罩着及踝的毛皮领大衣,脚蹬运动鞋。等她走到他身边时,他挽住她的胳膊。

他已经习惯了她现在的体型。有那么几天,他忘记他们有孩子了。他不经意间想着有孩子是多么可怕,发现他俩确实谁也离不开谁。只有这时他才想到他们有孩子。刚开始他们曾谈到过堕

---

① Soho,伦敦市中心一街区,长期以娱乐业闻名,曾经是伦敦红灯区所在地,如今聚集了夜总会、高档饭店、剧院和电影院等,是伦敦夜生活的中心。
② Covent Garden,位于伦敦西区东部的一个街区。最初是威斯敏斯特大教堂内的菜园,后成为伦敦主要的蔬果花卉市场,如今是各种商店、餐馆、剧院、画廊等云集的购物休闲区。

胎,但谁也觉得不该这样放弃希望。他俩彼此相爱,但能否一起生活呢?这是他要承受的煎熬。如果熬不过去,不仅解散他原先的家庭毫无意义,而且他还会一无所有,最后只剩下自己。

他牢骚满腹;在睡梦中会呻吟叫喊,如鬼魂附体;有时恐惧怀疑,有时又欣喜若狂;有时很愚蠢,有时很明智;有时很成熟,有时很幼稚;有时会逗她开怀大笑,有时又惹她勃然大怒。这些她都必须接受。别人是复杂的,多面性的。如果瞥了对方一眼就坠入爱河,那么火热的激情给谁呢?他们正仔细地看着对方。

他们走进了那家每天都去的咖啡馆。玛丽娜坐了下来,伊恩在吧台前点早餐。他小声地说着英语,因为怕玛丽娜听见他没说法语而生气。他已经差不多二十五年没碰法语了。他学得挺卖力,可就是学不好,这让他觉得挺丢人。

他看着巴黎人进来,他们大口大口地喝完咖啡,狼吞虎咽地吃完面包,然后匆匆忙忙去上班。玛丽娜手捂肚子坐在位子上。宝宝肯定醒着,因为他——他们俩都知道宝宝是个男孩——在踢她。有时候她会觉得肚子被撑得很大很薄,似乎就要裂开了,孩子似乎踢着肚子要出来。除了肚子阵阵的疼痛之外,她还有别的担心——比如孩子会不会生下来就失明,会不会有孤独症等等。这些担心都是正常的;他跟另一个女人在一起的时候就曾经历过这些,但他不想提醒她。

"你今天看起来更漂亮了,"他坐下来,说道,"你的眼睛比前一阵有神多了。"

"我很惊讶。"她说。

"为什么?"

"日子过得太不容易了。"

"是有一点,"他说,"但以后会好一些。"

"会吗?"

当然,对于是否再生一个孩子他很矛盾。他想起把女儿从医院接回来后,跟简一起坐在公寓里的情形。他请了一个星期的假,那时才忽然意识到五年来跟简待在一起的时间实在太少了。他们俩曾有过同样的担忧,那是因为彼此相爱,虽然时间不长。他明白他们不得不分道扬镳,免得最后彼此讨厌对方。他不想听她的意见,而她也一样。他们不适合一起生活,之间的差异无法消弭。这一点可以从女儿身上看出来;女儿大发脾气时,这一点就更加明显。他盼望着能够看看女儿而不用和简见面。

"什么事让你今天心烦?"他们喝咖啡的时候,玛丽娜问道,"你盯着远处看了老半天了,接着你又猛地回头,就像一只乌鸦。能不能告诉我你看到什么虫子了? 其实什么都没看到,是吧?"

"没事儿,就是……下午我要跟安东尼聊聊……我还没想好该说什么。"

"也没想好要做什么吧。"

"是的。"

"不想回伦敦吗?"她问道。

"我不知道。"他俩一声不吭地给面包涂黄油。"我开始觉得这边的生活好像没有了目标,"伊恩说,"安东尼变了。"

"哪方面呢?"

"你并不想我继续往下说,对不对?"

她说:"但我喜欢咱们在一起聊天。我喜欢你说话的声音,尽管我并没有把每个字都听进去。"

他告诉玛丽娜,他们创办电影制片公司纯粹是好玩。他们从来都不想超时工作,也不只为赚钱而承接一些项目。在过去的五年里,他们拍了三部故事片,其中一部反响不错,收回了投资。他们还拍了一些电视纪录片。但最近,安东尼没和伊恩好好商量,就接下了一部投资很大的美国喜剧电影。这部电影将在伦敦拍摄。导演脾气暴躁,毫无天赋。

在电影电视界安东尼交了不少新朋友。他专门乘飞机去看曼联队的主场比赛,还坐在导演的包厢里。他参加新工党①的晚宴。伊恩猜,他给新工党捐了钱。安东尼还吹嘘说认识了一个新朋友。那个朋友家花园的最里面有条养满鳟鱼的小溪。不过伊恩相信,除非把鳟鱼烹饪好了放在盘子里端上来,安东尼本人是不认识它们的。

过去二十年里,伊恩与圈子里的人渐渐混熟了。就像儿子崇拜父亲那样,他喜欢倾听别人,对别人满怀景仰;他与好多人亦师亦友。他的朋友大多数出生于一般家庭,但现在他们个个爱炫耀,过着奢华的生活,跟十九世纪的产业巨头一样。他们要么是报纸编辑、电影导演、出版社董事长、电视制作公司老总,要么是高级记者或者教授。空闲的时候——他们的空闲时间似乎特别多——他们摇身一变,成为名目繁多的戏剧、电影或者艺术组织的主席。五

---

① New Labour,是自1997年布莱尔上台执政以来英国工党的别称,于1994年在英国一次工党大会的标语中首次提出,1996年在《新工党,新英国》宣言中被正式采纳。新工党并非正式党派名称,使用此名旨在将工党党内现代改革派与持传统意见的"旧工党"区别开来。

十出头的男人往往举止轻浮,自我膨胀,自我陶醉。

比他早出生十年的那一代人态度固执,不愿受他人约束,常和政府唱反调。撒切尔夫人帮助他们掌握了大权;他们追随她,向右翼倾斜,而最终成了中间派。这让伊恩有些困惑。他们的"左翼"政治已经蜕变了,他们不再激进,不再尊重他人。此外,他们抽雪茄,每周五下午由司机接到乡下的别墅;和一大帮朋友坐在一起,俯瞰着自己的土地,让当地的妇女为他们做饭,为自己的爵士头衔忧心忡忡。他们看到自己的名字上了报纸时,就像十几岁的孩子那样欣喜若狂。他们想做地方行政长官。

"他们已经没有知识分子的勇气了。"伊恩说。

"这样的生活不正是你所憧憬的吗?"玛丽娜说。

"我知道人一定要找到新事物,"他说,"但我不知道我该追寻的新事物是什么。"

他看着她,准备跟她说他妻子了。

"我们总是要回到伦敦的,"伊恩说,"可能很快……面对一切。我既想回去,又不想回去,唉。"

"那我们去哪儿呢?"她问。"我一无所有,你的钱在你妻子家里,而且你还没工作。"

"这——"

他觉得她是信任他的。尽管发生了这一切,他想象着自己也许知道在做什么。他看着她甜甜的脸蛋与撕着面包的修长手指,思忖着她内心的矜持。如果他觉得她看上去高贵,那并不是因为她傲慢,而是因为她沉稳。她从不会坐立不安;她不会矫揉造作。

他俩不再谈论未来,也不再讨论为了今后一起过日子现在该做什么。他们好像变成了孩子,需要别人告诉他们该怎么做。他们在巴黎四处闲逛,每天如此,只是心照不宣而已:他们看着手上的旅行指南,参观画廊、博物馆,逛公园,到了晚上就下馆子。

他没有陪简溜达过,但如果他爱玛丽娜,他就得改变自己,陪玛丽娜溜达。他得尽快改变自己,免得失去玛丽娜。他要是与这个女人都合不来,那他会和所有女人都合不来,也就无药可救了。

"我们走吗?"她问。

他帮她把外套穿好。他们走上塞纳河上的木桥,坐在桥上的长凳上,面对着新桥①,欣赏风景。他觉得现在这时候更适合跟她谈简的事,但他挽起她的胳膊,继续朝前走。

奥赛博物馆②前已经有很多人在排队,一个个都迫不及待,但他们知道队伍用不了多久就会缩短。这么多人渴望高雅艺术,他很惊讶。

玛丽娜在博物馆里边走边看,当她走到罗丹的《地狱之门》③雕像旁时,伊恩正站在用白色石头雕成的《巴尔扎克像》④旁。伊恩从十几岁起就多次看过这尊雕像。他已经看过很多次了,但现在他突然大笑起来。巴尔扎克肌肉松垂,不修边幅,沉迷于金钱,

---

① Pont Neuf,塞纳河上现存的最古老的一座桥,建成于1607年,由河中央西岱岛连接两岸的两座独立拱桥组成,较长的一座为连接右岸的七孔拱桥,另一座为连接左岸的五孔拱桥。
② Musée d'Orsay,坐落于塞纳河左岸,与卢浮宫隔河相望,是巴黎三大艺术宝库之一,以收藏19、20世纪印象派画作为主。
③ The Gates of Hell,法国雕塑家罗丹的不朽名作。作品以但丁《神曲·地狱篇》为主题,刻画了一百八十六个痛苦形象,表现出希望、幻灭、痛苦、死亡等种种情感,象征着永恒流动的现代地狱,包含了许多后来独立成名的作品,如《思想者》《吻》《三个影子》等。
④ 罗丹的成名作,生动有力地再现了巴尔扎克昂首凝思、夜晚沉迷于创作的情景。

而不是罗丹赋予他的凝视着的永恒。生活中的巴尔扎克真是这样的吗？就伊恩所知，巴尔扎克匆匆忙忙走完了一生，短暂的人生中称心如意的事少得可怜；他的梦想有些荒谬——或者说狭隘，没有经过深思熟虑。但是他能行动起来，把经历转化成有血有肉有巨大影响力的作品。

罗丹塑造的巴尔扎克确实充满力量。这让伊恩想起自己以前很吵闹，精力旺盛，胆小的母亲害怕他，总叫他"冷静"。他充满活力，这让他母亲提心吊胆。和玛丽娜在一起时，他也害怕自己的怒火和力量，害怕他作为一个男人可能带来的破坏力，害怕这一切会使她不再爱他。劫掠的男人们在二十世纪犯下了多少罪行！他不是已经伤害了妻子吗？但是，现在看着罗丹所雕塑的巴尔扎克，他想：宁可做野兽也不做被阉割的天使。如果说二十世纪的悲剧是法西斯主义，那么二十一世纪的胜利就是它被打败了。如果没有负罪感就没有人性；但如果负罪感过于强烈，一切将无法得到救赎！

走出奥赛博物馆时，他意识到自己走得飞快，整个人脱胎换骨，很受激励。罗丹和巴尔扎克让他深受鼓舞。

他们走进了一家餐厅，玛丽娜说这地方似乎挺贵，但他催她进去，说："咱们只管吃——喝——！"

她疑惑地看着他，而他想说话。他脑子里想着罗丹，仿佛是他的护身符，让他回忆起童年时代被压制的快乐。他可以我行我素，但世界丝毫不会改变。可能是他年轻时读贝克特[①]的书太多了，

---

① Samuel Beckett(1906—1989)，爱尔兰诗人、剧作家、小说家，荒诞派戏剧的代表人物，1969年获诺贝尔文学奖。《等待戈多》是其代表作。

如果多读读乔伊斯他现在可能会活得更好。

"我知道你不愿意听我说这些,"他开口了,"但我妻子……"

"什么事?她怎么了?"

他已经让她有点紧张了。

"简现在在医院。她嗑药,酗酒……失去知觉。我觉得是我告诉她孩子的事情以后她才这样的。我指的是,我们的孩子。"

"她死了吗?"

"死了也许是种解脱,但她没有,没死,"伊恩继续说下去,"我很难和别人,特别是我们的女儿提起这个。简这样做让我觉得很奇怪,因为她似乎从来都没有喜欢过我。她当时一定是精神错乱了。她总有一天得明白老黏着我也不是办法。我不想再说了。只是想让你知道一下,没别的。"

好一会儿她都没作声。

"我真为她难过。"她说,然后开始流泪。"失去了原本以为天长地久的爱情,还得从阴影中走出来。这多么糟糕,多么可怕,多么残酷啊!"

"是啊,嗯——"

她说:"我怎么知道你哪一天不会这样对我?"

"你说什么?"

"我怎么知道你不会像离开她一样离我而去?"

"似乎我会……会习惯性地一犯再犯吗?"

"毕竟你曾经有过一次。可能还不止一次。我怎么知道呢?"

他气得说不出话来。他就算开口,说出的肯定很难听,他们也不会相互理解。但他得不停地跟她说。

她继续说：“我老是害怕你会厌倦我，回到她身边去。”

"我永远不会那样。我干吗那样呢？"

"你们相互了解。"

他说："人到了一定年纪，任何事发生了就不会改变。也许没什么比这更好。我已经没时间犹豫不决了。"

"但你性格软弱，"她说，"你总受别人摆布，却从不争取。"

"我受谁摆布了？"

"我、安东尼，还有你老婆。你以前总是怕她。"

"确实是这样，"他说道，"别人对我好，我就会忍不住依赖他们。"

"你不能光靠别人啊。"她没看他。"你的缺点让别人无法理解。"

"我不是个虚拟人物，而是个可怜的人，跟所有人一样，有缺点，也有优点。但我想跟你在一起，这一点我很确定，"他边结账边说，"我要去散散步，要想一想跟安东尼说些什么。回头在公寓见。"

她抓住他的手。"别白白浪费了你的聪明才智，别让你的想法化为泡影，不然会很遗憾的。现在，亲亲我。"

他走了出去，她拿着笔记本继续留在那儿。寒风中，他漫无目的地走着。不一会儿，他就到了和安东尼约好见面的咖啡馆，比约定的时间早了一个小时。他喝了点啤酒和咖啡。

安东尼会理解一个男人有了女人后可能会遇到的难处，他心里这样想。不过他只是安东尼的生意伙伴，他不确定安东尼是否有耐心。伊恩当初做事鲁莽，甚至疯狂。安东尼现在不那么需要他了。如果伊恩抛弃自己的妻子,那么安东尼也会抛弃他。

伊恩坐在咖啡馆里,看到了安东尼那辆由专职司机驾驶的奔驰车。司机把车开走后,安东尼整理了一下头发,用衣刷刷了刷衣服。他还带着一个年轻女人,他在吩咐她做什么。那大概是他的新秘书。那个女的在人行道上一边来回走一边打电话,安东尼走了进来。

安东尼穿着剪裁考究的深色西服,头发染过色。他身材挺拔瘦削,很少喝酒。除了迷茫,不懂得如何跟女人打交道之外,他几乎没其他什么缺点。伊恩曾想给他介绍几个女人。自从安东尼第一次吃了摇头丸(还是伊恩从邮差那弄来给他的)之后,他们就开始嗑药了——想寻求刺激亢奋的时候,他们多半会吃摇头丸,吸食可卡因;想把自己平静下来,他们就抽大麻——这种状态持续了一年。一年后,他们才发现他们无法再体验第一个晚上嗑药时的那种爽劲儿了。伊恩现在只吃镇静剂。

"玛丽娜呢?"安东尼环顾四周,问道,"她怎么样?"

"在公寓里呢。她挺好的,只是……我跟她说了简的事。"

安东尼坐下来,点了一份煎蛋。"玛丽娜可不会放过你。"他低声说。

伊恩说:"我一直不敢告诉她,都快把我逼疯了。能告诉我简现在怎样吗?"

伊恩曾让安东尼帮忙打听一下简的情况。安东尼知道该怎么办。

安东尼回答道:"她身体没问题。当然,情绪很焦虑,很消沉,但她会好的。今天就出院了。"

"你说我该不该去看看她呢?"

"我也不知道。"

伊恩说:"我一点睡意也没有。我的镇静剂在哪儿?"

"我跟那草包医生说了是我需要镇静剂,但他不肯给我开,他说我已经很平静了。"

"这么说你没带?"

"没有。"

"噢,安东尼。"

安东尼打开公文包,拿出台小电脑,收拾了一下桌子,然后把电脑放上去。"听着——"安东尼很忙。伊恩现在做事不紧不慢,可是安东尼却不一样。"我,我们可能要和一个导演合作,我想听听你的看法。你应该认识他。"

伊恩说了自己的看法,安东尼则把伊恩说的输入电脑。伊恩觉得他输入的内容肯定有很多错误。安东尼的手指比键盘上的按键粗多了。伊恩知道自己永远也搞不懂电脑这玩意儿,就像他妈妈一样,觉得年纪大了,懒得去摆弄影碟机和电脑了。伊恩喜欢把自己当成傻子,但他怀疑自己是不是真傻。他的想法还是挺不错的。

他和安东尼很快就把话题转到了足球上,伊恩暗自庆幸。伊恩看不到英文报纸,但他想知道球赛结果。安东尼说他去了斯坦福桥球场①看了那场曼联队对切尔西队的比赛。

"你是想让我嫉妒你,是吧?"伊恩说。

---

① Stamford Bridge,英超联赛切尔西队的主场,建成于 1877 年。

"那你下次为什么不来呢?"

"嗯,我挺怀念伦敦的。"

伊恩睡不着的时候会想象自己坐在出租车里游遍伦敦。他从伦敦西区到特拉法加广场,经过蓓尔美尔大街①和白金汉宫——白金汉宫右边是格林公园②,在灯光下就像一个人造洞穴——然后到海德公园角③,接着是米尼玛剧院④(那儿正上演一部晦涩难懂的西班牙电影),再经过哈维妮科尔斯百货公司⑤的橱窗。如果你不了解伦敦,你可能会觉得它是一个自由之都,魅力独特。他现在客居巴黎,时间不长,但总觉得它缺了些什么,这让他受不了。

他开始想玛丽娜是睡着了呢,还是走在巴黎的大街上呢。他突然想起她也许已经离开巴黎回伦敦了。他不知道这是不是自己为了赶走所有的焦虑一厢情愿的想法。但他知道这不是自己想要的。他想马上赶回公寓去安慰她。

伊恩问安东尼:"那部美国电影进展如何?"

"夏天开拍。"

"真的吗?"

"当然。我早就告诉过你,要筹钱并不难。"

伊恩觉得安东尼有点居高临下,但和安东尼在一起时他觉得

---

① Mall,得名于17世纪风行此处的铁圈球运动(pall-mall),以拥有许多建于19世纪末、20世纪初的绅士俱乐部著称,是伦敦美术展览的中心区域。
② Green Park,英国皇家公园之一,位于皮卡迪利大街以南,海德公园与圣詹姆斯公园之间。
③ Hyde Park Corner,位于海德公园的东南角,是伦敦重要的交通枢纽,帕克巷、皮卡迪利大街等五条道路在此交会。
④ The Minema,位于伦敦骑士桥大街,靠近海德公园。
⑤ Harvey Nichols,英国高级百货公司,创建于1813年。

很轻松。

伊恩说:"我不明白你为什么没拍我喜欢的那些电影。"

"你当时正在闹离婚。后来你又不在伦敦。要不现在你来拍吧?钱是有的。"

"我跟玛丽娜还没地方住呢。"

安东尼的助手还在外面走来走去。安东尼隔着窗朝她招了招手。

"我的助手会给你们找间公寓。你们要是回伦敦来,明天起我安排你们住酒店,下周一你们就有房子住。这样行吗?"伊恩什么也没说。安东尼说:"你当初离开是对的——我是说离开简,离开伦敦。"

"简总是怪我没把婚姻当回事。我确实……有时心思在别的地方。但我跟她在一起也生活了六年了呀。"

"确实够久了,足以弄清楚你是否想与一个人共度一生。你试过了。一切都过去了。现在自由了。"安东尼说。

安东尼说话直截了当,伊恩挺喜欢。

"我很后悔,"伊恩说,"后悔这么久以来我一直不开心。"

安东尼叹了口气。"你可不能老是抓着痛苦不放啊。"

伊恩说:"是啊。我现在开始相信浪漫的爱情了。我傻得真可以,居然会信这个。高尚有什么不好呢?欣赏伦勃朗[①]总比手淫好吧,你说呢?"

[①] Rembrandt(1606—1669),荷兰现实主义绘画巨匠,欧洲17世纪最伟大画家之一,以肖像画著名。主要作品有《杜普教授的解剖学课》《夜巡》《100荷币版画》等。

"为什么高尚和上床快活不能兼得呢?"安东尼问。"看看人家毕加索。"他隔着桌子靠过来。"你跟玛丽娜现在怎样?"

"那是我生活中的折磨。那种滋味就像吸毒的人突然停止使用毒品,精神错乱,然后死亡。我一直试着想了解自己……看自己能做什么。现在我清醒了。我不想放弃。"

"为什么要放弃呢?你只要看看玛丽娜就知道她多么爱你。一个人对这么明显的事居然视而不见,真有意思。伊恩,公司里最近发生了不少事。你要是回来我会很高兴的。尽快。下周一吧。"安东尼看着他。"你觉得怎样?"

"真想知道吗?"

"当然。"

伊恩意识到他还没和玛丽娜商量过这事儿。其实他很少征求玛丽娜的意见。他习惯于任何事情都由自己决定。要是他能请求她帮助,要是他学会听听玛丽娜的意见,或许她会一起想想办法。或许,相爱就意味着要分担彼此的困难。

"我要听听玛丽娜的意见。"

"很好。"安东尼说。

伊恩还想再聊聊,可安东尼的会议要迟到了。会后他还要去见他的情人。伊恩站起身,准备离开。

"最重要的是,我现在手头有点紧。"

"当然没问题。"

安东尼翻开支票簿,填了张支票给伊恩,随后又给了些现金。到了屋外面,安东尼把伊恩介绍给他的助手。伊恩想知道她对他有多了解。安东尼跟她说伊恩周一就要回公司上班。安东尼和这个年轻女人坐上车后,伊恩站在人行道上朝他们挥挥手。

在回去的路上,伊恩想待在家中,待在自己喜欢的房子里,和自己所爱的女人和孩子在一起。他希望简简单单、平平淡淡地过日子。也许那样的日子是触手可及的。一旦那样生活,他就可以想到别人,做个有用的人。

他把钥匙插进锁孔,进了大楼,然后奔上楼梯,不住地按门铃。天很冷,但他却在流汗。他又按了一遍,然后慌乱地找钥匙。最后,他终于打开了门,走过厅。屋子里漆黑一片。他开了灯。她躺在床上。她坐起身。

雨伞

─The Umbrella─

一到游乐场,罗杰的两个儿子就冲上了长长的斜坡,很快抓住了从高高的横梁上垂下来的钢编网。他们要在上面玩上一会才下来,罗杰觉得这样挺好。他坐在长凳上,翻到报纸的体育版。罗杰发现,读读从未看过的足球比赛报道会让他放松下来。

下起雨了。

罗杰的两个儿子一个四岁,一个五岁半。半个钟头前罗杰把他们从互裨姑娘那边接过来时,他们不愿意穿外套。他们说穿上外套看起来"肥胖",罗杰只好把他们的外套夹在胳膊下。

大儿子穿着一件薄薄的紧身绿色套装,戴着一顶插着羽毛的纸板帽:俨然是罗宾汉或彼得·潘。小儿子的塑料皮套里别着两把银枪、一把塑料匕首、一把剑,穿着蓝色的惠灵顿靴子,牛仔裤的拉链没拉上,脖子上的格子围巾被他拉到嘴上。"牛仔可不穿雨衣。"小儿子隔着围巾说。

罗杰的儿子们老是不听他的话。他们的犟脾气和胆量没有惹他发火,但这使得他和分居已有一年的妻子之间产生了不愉快。就在那天早上妻子还在电话里说:"你心慈手软,管教无方,就知道讨好他们。"

罗杰假装没在下雨。直到他的报纸被雨淋软了,游乐场上的人都走光了,他才把儿子们叫过来。

"这该死的雨。"罗杰一边让孩子们赶快把黄色连帽雨衣穿上,一边抱怨。

"不准说脏话,"小儿子埃迪说,"女士们会觉得你很粗俗。"

"对不起。"罗杰笑了。"我在想我本该带西装和雨衣的。"

"嗯,爸爸是需要一件好看的雨衣。"大儿子奥利弗说。

"我朋友本来会给我件雨衣的,但我更喜欢这件西服。"

罗杰早上刚从店里把这件棕褐色西服拿来。自从七十年代早期,也就是那个最奢侈的年代以来,罗杰就把自己想象成一个不太过分注意衣着修饰的人。他有个好朋友是个服装设计师,在欧洲和日本都开有服装店。几年前,在英国驻法国大使馆举行的时装发布会上,这位朋友看到罗杰对他的事业颇感兴趣,便邀请他与那些年纪比他轻,身材比他高的模特一起上T台走秀。这件棕褐色西服是他四十岁生日时这位朋友送的。他坚持让罗杰穿这件西服的同时穿蓝色真丝衬衫。孩子们都喜欢穿着新衣服睡觉,罗杰理解孩子们的这种热情。他通常不会穿着西服来公园,但今天晚上他要参加出版界的一个派对,之后还要赴一个约会,他挺喜欢那个女的,这是他们第三次约会了。他在朋友家经别人介绍认识了她。

罗杰抓起孩子们的手,拉着他们往前走。

"我们去茶馆坐坐吧,"罗杰说,"我希望别把我的鞋弄脏。"

"鞋很漂亮。"奥利弗说。

埃迪停下脚步,弯下腰,擦了擦父亲的平底便鞋。"你走路时我把手放在你的鞋子上。"

"那样的话我们走起来就没那么快了,"罗杰说,"跑起来吧,孩子们!"

罗杰提起埃迪,像抱婴儿一样把他平放着,脏兮兮的靴子朝外。三个人快速穿过渐渐暗下来的公园。

茶馆很宽敞,但不高。屋内温暖明亮,以黑白两色和纽卡斯尔联队①的队旗作装饰。这儿的咖啡挺好喝,还提供各种报纸。茶馆里客人很多,不过罗杰还是看到了个空位,他让奥利弗占下。

罗杰认出了和埃迪同在一个托儿所的小男孩的妈妈。还有几个保姆和互裨姑娘,她们大多数时候聚集在这个公园里的某一个地方。当他还和妻子住在一起的时候,这些人中的三四个曾带着照看的孩子去他家。如果她们看到他,没有作声,要么是因为她们太年轻,太单纯,要么在她们眼里他是雇主,是老板。

罗杰意识到自己是茶馆里唯一的男人。他碰到的那些带着孩子的男人有的比他年轻,有的比他年纪大,后者都是再婚的。罗杰真希望孩子能大一点,更懂事一点;他们真该早点生孩子。孩子出生前的那几年他挺开心的,但也算虚度了;那几年他挺安逸的,但并没有成就感。

---

① 英国历史最悠久的足球俱乐部之一,成立于1881年,吉祥物为喜鹊,传统队服为黑白两色相间。

一个排队的女孩转过头来。

"又在想什么了?"她问。

他听得出了她的声音,可惜他没戴眼镜。

"你好。"他终于开口了。他把埃迪叫了过来。"嗨,这是林迪。"埃迪用双手遮着脸。"还记得吗?她曾帮你洗过澡,洗过头发。"

"嗨,牛仔。"她说。

埃迪出生后林迪一直照顾着兄弟俩,一直住在他们家。一天她突然决定不做了。她当时对他们说想干些别的,但其实她跑到附近一对夫妇家里做保姆了。

上次罗杰碰到林迪的时候,他无意中听见她大笑,模仿他儿子们的口音。她说他们的口音很"优雅"。这些"阶级"观念这么早就开始有了,他很震惊。

"好久不见了。"林迪说。

"我一直在旅行。"

"都到哪儿旅行了呢?"

"贝尔法斯特、开普敦、萨拉热窝。"

"真不错。"林迪说。

"下周我还要去美国呢。"罗杰说。

"去干什么?"

"去作一个人权方面的演讲,是关于个人这一概念的嬗变……关于独立的自我这一概念的嬗变。"罗杰脑子里一直在想着莎士比亚和蒙田,所以想与她聊一聊他们,但又意识到她对这个话题不会感兴趣。"也会谈谈战后的人权思想。就是关于这方面的东西。

我希望会拍成电视系列片。"

她说:"上周我从酒馆回来,打开电视,我在电视上看到你在评论一本好书。不过我没看懂。"

"是的。"

罗杰对她很客气。林迪经常在晚上喝多了,第二天罗杰总叫不醒她,即使这样他还是对她挺客气的。林迪见过罗杰胡子拉碴,早上四点穿着睡衣的样子,也曾在推开房门后看见他和妻子在背后谩骂对方;她曾经看见在他们一家在阿西西①租来的别墅里,他妻子把放着四碗意大利面的餐桌的桌布撕扯得稀巴烂;她一定还听过他们夫妻吵翻了之后又和好如初。

"祝你一切顺利。"林迪说。

"谢谢。"

兄弟俩点了大份炸面圈和果汁。果汁溅得满桌子都是,他们满嘴边都沾着炸面圈。罗杰不得不把卡布奇诺咖啡举在自己面前,阻止孩子们把脏手伸进泡泡中搅和,然后把手放到嘴里舔巧克力。兄弟俩跟林迪带的那个孩子一起玩,罗杰松了口气。

罗杰开始跟邻桌的一个女的攀谈了起来,她直夸他儿子好。她说想写篇新闻稿,谈谈有些父母觉得很难对孩子说"不"这个话题。她认为,父母不该像在鸡尾酒会上吸引成人一样吸引孩子;孩子们得知道底线在哪儿。罗杰不喜欢看到这个女的如此一本正经地谈论如何管教孩子,但他还是决定在离开前问她要电话号码。

---

① Assisi,意大利佩鲁贾省城市,位于苏巴修山的西侧,是天主教托钵修会派别之一方济会创始人的诞生地。

他已经一年多没有参加社交活动了。他害怕别人看出他的痛苦。

罗杰正掏着笔记本和钢笔,这时林迪叫了他一声。他转过身。两个孩子正在茶馆另一头,双双趴在一个大一点的男孩身上。那男孩子大哭:"他咬我!"

埃迪确实咬了那个孩子,还踢了他。

"孩子们!"罗杰喊道。

他赶紧冲过去帮两个儿子穿好外套,愤怒地轻声叫他们住嘴。罗杰与那个女的告别,没问她要号码,他不想让人觉得他轻薄。

罗杰认为自己是个好人,对别人一视同仁,他对此颇为自豪。他不想把自己的想法强加给别人。人们要是多反思自己的行为,这世界会变得更好。或许他把自己当成一个偶像。"只有你觉得自己名声好!"这是他一个朋友说的。每个人都可以有几分自豪和虚荣。然而,他和妻子的事让他对自己的道德观不再肯定。他认为应该按照自己的意愿去生活,而他的家庭则希望他能陪着他们,给他们依靠,这两种想法都无可厚非,但没有一种公正或客观的方法可以解决二者之间的矛盾。但即使罗杰再有良心,道德感再强,也不会回去了。他已经有一阵子没有想念妻子了。

离开公园时,埃迪从花圃里摘了几朵水仙花,塞进口袋。"送给妈咪。"他解释说。

走十分钟就到家了。他们手拉着手,在雨中往前奔。他妻子马上就回来了,那时候他也得走了。

罗杰掏出钥匙,这才想起妻子上周已经换过锁了。她这么做是非法的:他才是房屋的产权人。他恨不得离开这儿,越远越好,而她觉得他会闯进屋里来,罗杰觉得她的想法简直可笑。

罗杰对儿子们说他们得等一会儿。他们躲在小门廊下面,雨水打在头顶上。不多久孩子们就不乐意跟他站在一块,不想唱他起头的那首歌了。他们摘下帽子,开始在小路上你追我赶。

天色暗了,人们都下班回家了。

隔壁邻居经过时,问道:"被锁在门外了?"

"恐怕是的。"

奥利弗问:"爸爸,为什么我们不能进去看动画片?"

"你妈妈只想把我关在门外,"罗杰答道,"不是你们。不过,你们现在跟我在一起。"

"她为什么要把我们关在门外呢?"

"你怎么不去问她?"罗杰说。

他妻子让他既困惑又害怕。不过他会客气地和她打招呼,把孩子送进屋,然后走人。这地方很难打到出租车;在这个时候这种天气不可能打到。从这儿走到地铁站要二十分钟,得经过一个湿漉漉的公园,公园的树下面聚集着酒鬼和吸毒者。他的鞋已经湿了,会变得脏兮兮的。到了派对的地方他要到洗手间去把沾上的泥弄掉。

罗杰预测与妻子分开后,她不会对他那么感兴趣,也不会那么痛恨他了。他已经熬过了最痛苦的那段日子,希望能够安静地生活。对他客客气气,各过各的日子,对他来说已经是大幸了。但妻子不但不同意离婚,而且还就一些鸡毛蒜皮的小事给他寄来律师函。罗杰记得有一封信从头到尾就写了一件事,说的是他去看孩子时给自己做了一个奶酪三明治。信中要求他以后自己带吃的来。罗杰想起几年前妻子大笑着伸出舌头,那上面有他的精液。

"嗨,"她沿着小路走来。

"妈咪!"两个儿子叫道。

"看看他们,"罗杰说,"浑身都湿透了。"

"噢,天啊。"

她开了门,让孩子们进了客厅,然后朝罗杰点了点头。"你正要出门吧。"

"什么?"

"你穿着西服呢。"

罗杰走进客厅。"对,有个小派对。"

罗杰朝他以前的书房瞥了一眼,他的书都被打包放在了地上。不过他没地方放这些书。那堆书旁边放着一双他没见过的黑色男鞋。

她对孩子们说:"我给他们倒点茶。"然后又对他说:"你是不是没给他们东西吃?"

"炸面圈,"埃迪说,"我吃了巧克力味的。"

"我吃了果酱味的。"奥利弗说。

她问:"你就让他们吃这些垃圾食品?"

埃迪把压扁了的水仙花朝她推过去。"给,妈妈。"

"不可以从公园摘花,"她说,"那是给大家观赏的。"

"操,操,操。"埃迪突然将手放在嘴上。

"闭嘴!大人不喜欢小孩子这样!"奥利弗说着,打了埃迪,埃迪哭了起来。

"你听听,"她对罗杰说,"你居然教他们说脏话。你真是没救了。"

"你也一样。"罗杰说。

在过去的几个月里,为了准备演讲,罗杰曾经参观了几处发生过种族屠杀的地方。他无法理解亲眼目睹的那些仇恨。那种仇恨自古就有,很难解释。其实,很多时候人们并不相识。这使他意识到仇恨在人们心中根深蒂固,导致了人与人之间的距离。但罗杰还是不明白人们为什么会这样。在进行了政治分析和人权讨论之后,罗杰得出这样的结论:人必须认识到彼此相爱是何等重要。但如果爱得过深,就该放手。当他觉得这个结论似乎老生常谈,没有搔到痒处时,他怀疑自己是否不该这么做;他怀疑自己看似高谈阔论,其实是在谈论自己的困境。他为什么找不到一个更加直截了当的方法呢?实际上,罗杰想过写小说。他在小说里可以说的还是挺多的,但他没时间,而且没报酬。

罗杰朝大街上看了看。"雨真大。"

"现在没那么大了。"

罗杰问:"你有没有雨伞?"

"雨伞?"

他有点不耐烦了。"对,雨伞。你知道的,就是那种撑在头上的。"

她叹了口气,走到屋里。罗杰猜她可能在开浴室里烘衣柜的门。

罗杰站在门廊上,准备走了。这时她空着手走了出来。

"没,没雨伞。"她说。

罗杰说:"上周这儿还有三把呢。"

"可能吧。"

"现在没有了吗?"

"可能有。"她说。

"给我一把。"

"不。"

"你什么意思?"

"我不给,"她说,"就算有一千把,也不给你。"

罗杰明白孩子们多么胡搅蛮缠了;他们常常会请求,哀求,威胁,尖叫,一直闹到他妥协为止。

罗杰说:"那些伞是我的。"

"不。"她重复了一遍。

"你怎么变得这么小气。"

"难道我以前没把一切都给你吗?"

罗杰清了清嗓子。"都给我了,除了你的爱。"

"我的爱其实也给了你,"她说,"我打电话给我朋友了,他正赶过来。"

罗杰说:"我不在乎。给我一把伞。"

她摇头,准备关门。罗杰把腿往前一伸,她把门猛地一关,撞他的腿。他很想抽出脚来揉揉胫骨,但又不想让她得逞。

他说:"我们都理智点,好不好?"

他以前曾痛恨过父母和哥哥,但那只能算怒火。他痛恨她,很理智的时候也是。他接受过心理治疗,吃过镇静剂,可他还是想把妻子碾成碎片。不管他对生活持什么态度都无法打消这种念头。

"你以前可是觉得下雨'提神'呢。"她冷笑着说。

"你不至于这样吧。"他说。

"是的,"她说,"你可别号啕大哭。"

他推了推门。"我要拿伞。"

她把门朝他推过去。"你不能进来。"

"这是我的房子。"

"事先不预约好你不能进来。"

"我们预约好的。"罗杰说。

"那个预约已经过期了,不算。"

罗杰推开她。

"你想打我吗?"她问。

罗杰朝外看。一个酗酒的女人正拿着一罐啤酒站在小路的尽头。之前好几次他不得不把这个女人从前门台阶上轰走。

"我可是在看着呢,"她嚷嚷道,"你要是碰她我就报警!"

"那你继续看着吧!"他朝她大吼。

罗杰硬把门推开,走了进来。他把手放在她胸前,把她推到墙上。她大喊大叫。是她自己把头撞到墙上的,足球解说会把这叫作"假摔"。孩子们跑过来,抱住他的腿,他一把推开他们。

罗杰走到烘衣柜前,拿了一把雨伞,朝前门走去。

他从她旁边经过时,她把伞抢了过去。她的力气惊人,但罗杰猛地把伞夺了回来,闪到一边。她抬起手。罗杰以为她要打他耳光。这是她头一回打他。让他没有想到的是,她把手捏成了拳头。她一拳打在他脸上,继续看着他。

罗杰毕业以来还从没被人打过。他已经不记得被打时的疼痛感,不再相信,不再感到,这世界是个安全之地。

孩子们尖叫起来。伞从罗杰手里掉到地上。他嘴角抽动,嘴唇流血。他刚才肯定是打了个趔趄,失去了平衡,否则不会被她推到门外的。

罗杰听到身后砰的关门声,还有孩子们的哭声。他从那个酗酒的女人身边走过去,她仍然站在小路尽头。她转过头看看亮着灯的屋子。一会儿等他们平静下来,孩子们就会洗澡,准备睡觉了。他们喜欢有人给他们读书,那曾是他一天中最幸福的时光。

他把衣领竖起来,但他知道还是会被淋湿的。他用手擦了擦嘴。她出手真重。罗杰要过一会儿才知道别人是否看得出他被打了。要是这样,派对上人们一定会津津乐道,不过他不会觉得有趣;他可不能带着淤青去约会。

罗杰站在门口,看着人们行色匆匆。裤管粘在他腿上。雨一时半会儿不会停下来,他不能老站在一个地方。现在该做的就是别放在心上。外面一片漆黑,罗杰开始走出去,穿过格林公园,他浑身湿透,但还是继续往前走。

黑暗中的曙光

—Morning Light in the Bowl of Night—

雪一直在下。

他到了家门口,看了看表,发现已经来晚了。但他还是匆忙走向了大街尽头那家熟悉的酒馆。他推开门,一条拴在链子上的阿尔萨斯牧羊犬①向他扑过来。孩子们在雪地上追逐打闹,不时绊倒在大人脚下,其中一个都已摔得鼻青脸肿。自动点唱机放的音乐很吵,电视机和喝酒的人发出的声音也一样。他好几个月没来这儿了,不过他还认得出那些老面孔。

他刚准备出去,酒吧的服务生叫道:"嘿,哥们!艾伦!艾伦!最近去哪儿了?"他给艾伦倒了一品脱。

艾伦在吧台旁坐下来,点了支烟,喝了半杯。要是他很快就喝完,服务生还会给他再来一品脱,这样他就会把身上的钱花完。不

---

① 德国牧羊犬的一种。

过今晚干吗还要钱?他上一次参加学校圣诞剧①唱圣歌是十四岁的事。那次,他最要好的朋友的父亲来到学校,喝得醉醺醺的,居然没发现领带沾上了葡萄酒,而且酒还在往下滴。男孩们用手指指着他,取笑他。他儿子难堪极了。

艾伦朝服务生点了点头,服务生又放了一品脱在第一杯旁边。艾伦的儿子米奇还小,还不知道难为情;实际上,米奇已经开始崇拜父亲了。

艾伦得让自己冷静下来。梅拉妮是他现在的女友,他们已经同居一年了。刚才他离开公寓的时候,她追到了大街上,拽住他的手不放,央求他不要走。艾伦反复跟她说他已经对儿子说他会去看圣诞剧表演。"所有同学的爸爸都会去的。"米奇说过。

"那我这个爸爸也会去的。"艾伦说了。

一番吵闹之后,艾伦丢下梅拉妮一个人站在雪中。如果梅拉妮一直站在那儿,天知道他回家时她会是什么样子。艾伦在一家剧院工作,但不是演员。可是今天他觉得她让他演了一回罪犯,但他并不愿意演这个角色。

两杯都喝完了,艾伦站起来准备离开。这是他十八个月前离开家以来,头一回同妻子和儿子作为一家人一起出门。

也许梅拉妮觉察到了他内心的恐惧。然而,他不确定"恐惧"这个词是否确切。一路上,他一直在试图弄明白这是一种什么感受。那甚至连提心吊胆都算不上。快到那幢房子时,他终于找到了答案。那是悲伤,一股萦绕心头、挥之不去的悲伤。

---

① 讲述耶稣诞生的戏剧,通常于圣诞节期间在基督教会小学由儿童演出。

小男孩正站在窗边的椅子上。看见父亲,他蹦上蹦下的,一边猛敲脏兮兮的窗玻璃,一般大声喊:"爸爸,爸爸,爸爸!"

艾伦已经有一个星期没见到米奇了,每次见面他会找找儿子哪儿变了。但让他感到别扭的是,他仍然觉得见自己的儿子就好像顺道去亲戚家喝茶一样。他最喜欢带米奇去咖啡馆。有时候,米奇会从他坐的高凳子上滑下来,跑来跑去,显示一下自己能跳得很高;不过大多数时候他俩是坐着的,像朋友一样聊天。米奇总是问些不好回答的问题。

"你迟到了,"安妮在门口说道,"你喝过酒。"

她在颤抖,定睛看着他,眼睛瞪得圆圆的。艾伦很熟悉她这种有些失控的状态。一天里她总会突然发几次脾气,通常都是在需要什么东西时。

艾伦很快地从她身边走过。"好漂亮的圣诞树。"他说。

他蹲下来,米奇扑进他怀里。米奇穿着格子裤和针织毛衣。他递给艾伦一顶栗色羊毛帽子。安妮走过去拿她的外套。艾伦把帽子往下拉,盖住米奇的脸,在孩子挣扎大叫的时候,又一把抱起他,把他揽在怀里。

艾伦从没喜欢过这条大街,这个地方,还有这个家。这里总会让他有一种负罪感。每次来这儿,他就觉得自己应该上楼,爬上床,闭上眼睛,继续以往的生活,好像这是他的责任和命运。安妮仍然责怪他离开她和孩子。艾伦搞不懂安妮怎么就不明白这样对双方是再好不过了。

"亲亲吧!"安妮过来时,米奇说,"一块儿亲亲。"

"什么?"

"亲亲妈妈。"

艾伦看着妻子。

她减了肥，下巴变尖了，这么多年来她从没这么瘦过。她一直在节食，似乎让自己忍饥挨饿。她脸上抹了增白霜或粉底，嘴唇红红的。以前他从不许她涂口红，因为他不喜欢口红粘在他脸上。安妮现在穿戴都比以前好了，大概是花的他的钱吧。他知道她并不经常在家过夜。她母亲一直和米奇生活在一起，但也不知道或者不会说她什么时候会回来。

他和安妮总算把嘴唇贴在了一起。她身上的香水味宛如电流，勾起了他一丝回忆，他不由颤抖了一下。他竭力回想他们上一次肌肤相亲的时候。那应该是在他离开他们前的两三个月吧。他记得当时心想：这是最后一次了。

他们出门时天已经黑了。米奇拉着他们的手，在他们之间被甩来甩去。让艾伦感到轻松的是，米奇一路上叽叽喳喳说个不停。

学校外，家长们身着盛装，从车上下来，冒雪走进大门。艾伦惊奇地发现孩子们多么开心，多么容易开怀大笑；而大人们只是礼节性地相互打招呼。他是个特别抑郁的人吗？他女友说他是。"如果我是的话，那是你造成的。"他回答说。他确实感到抑郁，这是肯定的。可能是因为他的年龄造成的。

室内温暖明亮，连老师们都满面笑容。艾伦暗自发笑，猜测别人看到他跟安妮在一起会怎么想。这年头，见到夫妻在一块儿是多么难得。他和她亲昵地交谈了几句，纯粹是为了做给别人看。

圣诞剧主要由八九岁的孩子表演，小一点的孩子扮演牧羊人、树和星星。一块画着天空的幕布悬挂在两根截短的扫把柄之间。

两个年纪小得多的孩子举着扫把柄。天使戴着硬纸板做的翅膀,穿着网眼窗帘做的戏服。到了明年,米奇就够大了,可以参加演出了。

几个星期前,老师就如何筹办这场圣诞剧表演而征求过艾伦的意见。艾伦是一个小型巡回剧团的负责人。他喜欢演员们彼此之间营造的亲密,仍然喜欢"表演"带来的兴奋,很享受舞台上的同事与离开温暖的家而来看他们真诚演出的观众之间建立起来的良好关系。一种强烈的敬畏把他们所有人联系在了一起,这也是剧院和电影院的不同之处。当然,他的报酬很少。有些与他合作过的演员都上了电视,那个导演娶了个富婆。但艾伦没其他收入,女友梅拉妮是个演员,怀孕了,很快就要有一段时间不能工作了。

圣诞剧开始演出时,艾伦摸了摸口袋。他出门时带了条手帕,这条质量很好的纯棉手帕是安妮很多年前送给他的,不知为什么她要那么做。从离开学校那天起,他就再也没带过手帕出门。但一下午,他都在担心孩子们的声音会让他崩溃。为了让自己愉快一点,他开始回忆圣诞节父亲在教堂——他只有圣诞节的时候去教堂——放声歌唱,不管有没有跑调。父亲说,他们是在庆祝节日,又不是在为德意志留声机公司①灌唱片。

整场圣诞剧中,家长们时而落泪,时而欢笑;小孩子们,比如艾伦的儿子,则兴高采烈地大喊大叫。

艾伦在那儿寻找自己认识的人。一开始在门口有个人向他打

---

① 全球最大的唱片公司之一,由贝林纳兄弟于1898年在德国汉堡创立,是宝丽金唱片集团的旗舰公司。

招呼,那个人说:"我想喝酒,可他们不让。"

要不是这个人提醒他,说曾帮艾伦修过几次车,艾伦根本想不起来他是谁。因为他又瘦又老,头发也剃光了。

"但至少你看上去还挺好,你挺好的。"那人说着,艾伦已经不自在地走开了,这时候他才意识到那人已经病入膏肓了。

邻排坐着一名妇女。今年早些时候,有熟人告诉过艾伦,这个女人曾一丝不挂地跳出窗口,脸弄破了,摔断了肋骨,之后穿着紧身衣被送到医院。另外一个女人,坐在稍远点的那一排,没理他,也可能是没看见他。但是过去他们的孩子在一起玩耍时,她经常跟他在公园里散步。她曾经说过打算和丈夫分手。

这是个杀戮成性的世纪。然而在这儿,地球上这个舒适的角落,他们中大部分人侥幸逃过一劫。他为自己的幸运而歌唱,但同时也纳闷:为什么人们会如此不快乐呢。

梅拉妮怀孕的时间不长,但身体已经开始有变化了。她逐渐失去了少女的风华。她不仅腰围变粗了,还感到身体变重了,说自己只得像鸭子一样走路。现在,她没上班,所以早上她要回床上去睡觉也没关系。他们不吵架的时候,他会坐在她身边吃早饭。

她与医生预约好了,明天去做人流。他后天会去接她。很久前,他曾经让两个女人去做人流。第一次他去另一个女人那儿躲掉了。而第二次,他只记得那女人事后躺在地上痛哭的样子。他回想起自己当时坐在房间另一头,闭着眼睛,从一千往回倒数。之后,他们的关系迅速破裂。同样,他和梅拉妮也会分手,再这样下去也没什么意义。维持关系为什么这么重要呢?明晚,他的希望就会破灭。他不能在女人之间左右逢源了。

他们争吵得很激烈,就算言归于好,也不会像以前那样甜蜜。他曾经把门锁上,不让她进屋,而她扔掉过他妻子给他的一张照片。艾伦曾经把她的一些东西扔到了大街上。几个星期以来,他们厮打起来,让人们觉得他们似乎刚从大火中走出来,皮肤焦黑,眼睛睁得大大的,对发生的一切浑然不知。他们会永远在一起吗?还是到明天就会分手?

　　艾伦正用余光看着妻子,视线跳过那个将他们永远连在一起的男孩。他知道,自己不能重蹈覆辙。

　　他们心情不错的时候,他和梅拉妮会跟她肚子里孩子说说话,考虑给孩子起什么名字。他们曾经说起过,过几年才要个孩子。但孩子不是冰箱,不是想要或者有钱时就去预订。肚子里孩子的脸已经长成了。

　　三人在学校外面走着,艾伦看到一辆被人遗弃的超市推车。他立刻抱起米奇,一把把他放进去,推着车一路小跑。手推车颠簸着溜过街角和路上的减速带,孩子坐在哐啷作响的隔间夹里,高兴地叫着。安妮在后头边跑边喊,想追上他们。他们的声音划破了刚刚降临的夜幕。

　　他们笑闹着,气喘吁吁,浑身发暖,很快就到了那个房子。安妮拉上百叶窗,打开圣诞树上的灯。从他上次来之后,这房子与以前不一样了。屋里只有她的东西,而他什么都没留下。

　　她给艾伦倒了一杯白兰地。米奇大口大口地喝着果汁。安妮说,如果他愿意话可以从圣诞树上拿一块巧克力与他们一起吃。他们谈论圣诞剧时,艾伦觉察到儿子有点拘谨,拿不定主意,似乎不知道该站在父亲一边还是站在母亲一边。他觉得讨好了一个,就肯定会得罪另一个。

最后,艾伦起身准备离开。

"哦,差点忘了,"安妮说,"我买了些肉馅饼和白兰地黄油。我不知道为什么还要操这个心,但我还是买了。你还喜欢吃,对吗?我放到盘子里,你跟米奇一起吃。可以吗?"

她去加热那些吃的。艾伦跟梅拉妮说过他离开的时间不长,现在他得去她那儿。想象力是多么可怕的机器啊!如果今晚他和梅拉妮闹得不开心,那明天就会发生无法挽回的事。他害怕梅拉妮已经作出了决定。

"你好像很着急。"安妮过来的时候说。

他说:"喝完这杯,吃个饼就走。"

"圣诞节你会来吗?"

他摇了摇头。

她说:"一个小时也不行吗?她无法忍受跟你分开,是吗?"

"你知道怎么回事。"

她愤怒地看着他。"你连亲生儿子都没空陪,算怎么回事?"

梅拉妮想要他陪她一起过圣诞,否则会离他而去。但是他不能与安妮这么说。

米奇不说话了,望着他们俩。

她说:"你和这个女人在一起很久了。对你来说算是很久了。"

"是啊,我们处得很好。我们也快有孩子了。"

"我知道。"她过了一会儿说道。

"我心满意足。"他说。

梅拉妮跟许多朋友说过自己怀孕了;她常在电话里谈论此事。而安妮是他第一个告诉的对象。

"你其实可以再等等的。"

"等什么呢?"他说,"对不起,我不能再等了。你知道是怎么回事。"

"为什么你老是这么说呢?"

"这是事实。好啦,接受它吧。"

她说:"我会的,谢谢。"然后,她又说道:"这样一来,你就不会特别想见米奇了。"

"不,我想见他。"

"为什么?"

他说:"为什么不呢?"

"你离开了我们,我只有他了。而她什么都有。"

"谁?"

"你女朋友。"

"听着,"他说,"过不了多久我们会见面的。"

他起身离开,走进了厅。

在门口,小男孩紧紧抓住艾伦的外套的下摆。"永远永远留在这儿吧!阿门!"

艾伦亲了亲他。"我很快会再来的。"

"睡妈妈的床吧。"米奇说。

"你可以替我睡啊。"

米奇朝他手里塞了一块巧克力。"省得你在我睡觉时肚子饿。"之后他又说:"你不在这儿的时候我会跟你说话的,我透过地板跟你说。"

"我听见你说什么了。"艾伦说。

儿子隔着窗子挥着手,大声叫着。他看见妻子站在房间里,看着他离开。

他离开家,去了酒馆,点了一杯啤酒,还要了一杯酒后喝的淡味饮料。等到服务生把东西放到他面前,他才想起来身上没钱。他向服务生道歉,虽然服务生嘴里还在说着什么,艾伦还是转身走了。

现在天冷了。所有东西都冷冰冰的——汽车的金属,植物的汁液,还有地面本身。他从大街上走过,那些熟悉的大街在雪中却如此陌生。许多房子都熄了灯,人们开始散去。雪越下越大,整座城市笼罩在不寻常的罕见的静寂之中。他加快步伐,在外套里摆动着双臂,直到暖和起来。他想起在校门口见到的那个病入膏肓的人。我怎么就没有认出他来?真糟糕,艾伦心想。他想找到那个人,跟他说,我们都在成长,变化,每天都如此。仅此,仅此而已。当然,刚刚觉得对自己有所了解时,他已经发生了变化。这就是希望。

从某个角度来看,世界就是一团灰烬。你把所有希望、兴趣和欲望燃烧掉,你就可以让世界归于尘土。但是,生活,从某种意义上说,就是相信未来。你不能总是回到同一个肮脏的地方。

他跑上房子里的楼梯。灯开着。他知道,如果她穿着他买的晨衣,那就说明没事了。

她正在厨房里热乳蛋饼,还在做色拉。她看着他,没有敌意。她不说话,他也不吭声。他看着她,但决定不到她身边去。他相信,只要克制欲望,不再想她,他就能挺过去。同时他也明白,没有欲望,就什么都没有了。

坐在那儿,他想到之前从未认识到生活会这般痛苦。他也明白,无论喝多少酒,嗑多少药,冥想多久,都无法让事情永远朝着好的方面发展。他回想起大学里读过苏格拉底的一句话:"好人无论生前死后都不至于受亏,神总是关怀他。①"维特根斯坦②谈及上帝的佑护时,提到了"绝对安全"③的感觉。他要去查一查书。可能有些可以给他启发,那些最终的"内心安全"。

他们换上睡衣,终于来到他最喜欢的地方——他们的床。他解开她的晨衣,把手放到她的肚子上,爱抚着她。有那么一小会儿,她靠在他胳膊上。她又摸了摸他,然后转过身去,睡着了。

正如往常一样,他此时又开始想念已经睡着的儿子,想着米奇会不会醒过来,"透过地板"跟他说话。他想去亲亲儿子,道声晚安,就和其他孩子的父亲一样。或许他又会有个儿子,但那是不一样的。他环顾房间,里面连一个衣柜也放不下;他们的衣服堆在床脚。在一盏倾斜台灯的光照下,他看见旁边一把椅子上有一本《远

---

① 出自"苏格拉底的申辩"。公元前399年,一个叫莫勒图斯的人状告苏格拉底,说他蛊惑青年,教人不承认国家崇奉的神,而奉新神。苏格拉底因此被传讯。苏格拉底在五百人组成的陪审团面前作了著名的申辩,但申辩并没有挽救他的性命。这句话是他在被判处死刑后的发言中对审判官的告诫。

② Wittgenstein(1889—1951),出生于奥地利,后入英国籍;20世纪最有影响的哲学家之一,被认为是语言哲学的奠基人。

③ 维特根斯坦在1929年《关于伦理学的演讲》中对于表达"绝对"这一概念时阐述的经验之一。在"绝对安全"经验中,人们倾向于说"我是安全的,无论发生什么事都不能伤害我"。而维特斯坦认为用"绝对""无论都不"等词语表达经验是荒谬的。但在伦理学意义上使用"绝对安全"指的是人们在上帝庇荫下内心感到安全。

大前程》,一瓶沾满油垢的按摩油,他的老花镜,一只带着葡萄酒渍的玻璃杯和一本笔记本。

他生活忙碌,满脑子都是杂事,坐在床上写日记或者读书对他来说都是一种奢望,一种无法企及的安宁。但这种孤独意味着在等待什么发生。他希望被打搅;他已经确实被打搅了。

他知道他们间的怨恨加深了,而且愈演愈烈。但他和梅拉妮都不是歹毒的人,他们只是害怕。他们各自采取了笨拙的方式,奋力保全自我。爱情可以瞬间破碎,就像用棍子拨掉蜘蛛网那么容易。但爱情是一种混合物,从来都不是单一的。他知道他们彼此情深意浓;爱情不可以糟蹋。

图书在版编目（CIP）数据

整日午夜/(英) 哈尼夫·库雷西著；张廷佺译. -- 上海：上海文艺出版社, 2018
(哈尼夫·库雷西小说精品系列)
ISBN 978-7-5321-6582-7
Ⅰ. ①整… Ⅱ. ①哈… ②张… Ⅲ. ①短篇小说－小说集－英国－现代
Ⅳ. ①I561.45
中国版本图书馆CIP数据核字(2018)第084883号

MIDNIGHT ALL DAY
Copyright © 2000, Hanif Kureishi
All rights reserved.
著作权合同登记图字：09-2017-036号

发 行 人：陈 征
责任编辑：曹 晴
封面摄影：韩 博
封面设计：朱云雁

书　　名：整日午夜
作　　者：(英) 哈尼夫·库雷西
译　　者：张廷佺
出　　版：上海世纪出版集团　上海文艺出版社
地　　址：上海绍兴路7号　200020
发　　行：上海文艺出版社发行中心发行
　　　　　上海市绍兴路50号　200020　www.ewen.co
印　　刷：崇明裕安印刷厂
开　　本：890×1240　1/32
印　　张：6.75
插　　页：2
字　　数：135,000
印　　次：2018年6月第1版　2018年6月第1次印刷
Ｉ Ｓ Ｂ Ｎ：978-7-5321-6582-7/I · 5241
定　　价：35.00元
告 读 者：如发现本书有质量问题请与印刷厂质量科联系　T: 021-59404766